ひねくれ度360度。
とりえは顔だけ
妹を宇宙人にさらわれた、
《お兄ちゃん》
堂島コウ
かっこつけ!
笑ってないと
死んじゃう男だ

悪魔のミカタ 魔法カメラ　著：うえお久光　イラスト：藤田香

冬月日奈
好きだ!
変人にモテる人です
……俺の彼女だ
何故か
いっつも説教される

小鳥遊恕宇
友達以上恋人未満
小鳥遊の名に恥じない、
嗜好は変だが
優しい女だ
歩く不純同性交遊。
恐るべきは
その守備範囲
……セクハラは
やめて下さい

運だけで生きている奴。ここまでくればもはや才能
人柄かな、一緒にいるとなんか安らぐ
本名は三束元生、だが部長と呼ばせてる
頼れるんだか使えないんだか、よく分からない人間です
すかー
スコンッ
部長

ちょっと怪しい
双子の姫様。
その権力に
比するモノ無し
そのせいで
誤解されやすいんだよ
そうなんだ、
たまにどっちがどっちか
見分けがつかない
権力を使ってはばからない
舞原姉妹

85のC……
視認だがまず間違いない
まんま
《保健室の先生》
可愛いばんそーこー
持ってる、ブタの
放課後、
いつも最後まで残ってる先生
高久直子

私には、
縁のない世界の人ですね
バレー部員。
後バスケとソフトも
カケモってる
熱血スポ魂少女。
あぁ、まさに《今が旬》だな
真嶋綾
……怒ると怖いんだ、こいつ
なんとなく、
日奈に似ている気がする……

???
ぐう……
こいつ?
……こいつの名前は……

悪魔のミカタ
魔法カメラ

カバー／口絵／本文デザイン◎荻窪裕司

序／知恵の実

それはエデンの園《その》の中央に生えているという、食べてはならないと神に戒《いまし》められた禁断《きんだん》の木の実の名。善悪を知り神になれるというその実を蛇《へび》に勧められるまま食し、人はエデンの園を追われた。

リンゴともイチジクとも言われる

それを食べ、人はパラダイス・ロスト、知恵と寿命と厳しい荒野の人生を得る。それまで人は死ぬ事もなく、働かずとも良く、しかもヌーディストだったとか。そんな話を聞くと、コウは無神論者《むしんろんしゃ》なんだけれども、ああ、惜しい事したなあ、なんて思ったりもする。

でもなぁ、とも思う。

……知恵の実？　そんな木の実があったら。

食うだろ？　誰《だれ》だって。

堂島《どうじま》コウ。

堂島昴と書いてドウジマコウと読む、それが彼の名前である。もっとも、彼はドージマをドーシマと読まれようがコウをスバルと読まれようが気にしない。時々彼をモルダーと呼ぶ者もいるが、そんな時も肩をすくめるだけである。現在十六歳、日炉理坂《ひろりざか》高校の《みすてりぃサークル》に所属する一年生、父の名は翔《ショウ》、婿養子《むこようし》であり、プロポーズの言葉は「僕があなたと結婚すると、ドウジマ《ドーシマ》ショウになりますね」だった。そんな台詞《せりふ》にＯＫを出した母は二年前に死に、以来コウは一人暮らしを続けている。

それをさらに溯《さかのぼ》ること六年前、当時五歳だった妹が宇宙人に誘拐《ゆうかい》された。

もっとも、それはコウだけの認識で、世間的には普通の（失礼）失踪《しっそう》事件だった。宇宙人が連れ去ったという、コウの言葉を信じる者はいなかった。何しろ子供の言う事である、好意的な人間は見間違《みまちが》いか勘違《かんちが》いだろう、そう解釈し、子供が嫌いな人間は頭から嘘《うそ》と決めつけた。どちらにしても、コウの言葉をまともに取り上げる人間はいなかった。

真実は分からない。

事件は、何の進展もないまま迷宮入《めいきゅうい》りとなった。コウの妹は突然いなくなり、現在に至るまで行方《ゆくえ》不明、その事実だけを残して。

この出来事が、コウの人格の根源にある。

妹が《宇宙人》にさらわれた時、コウの中で何かが一八〇度回転した。警察も、そして家族も信じてくれなかった時、さらに一八〇度回転した。なんだ、それなら元に戻ったんじゃないかと思う方もいるかもしれないが、ならば試しに、自分の首を三六〇度回転させてみてもらいたい。なるほど、顔は元の位置に戻っているかもしれない。傍目《はため》には、回転した事など分からないかもしれない。しかし、何かが根本的に、変化してしまっている事に気づくはずだ。

そういった、致命的な変化がコウの中で起きたのである。

さて。

この物語は、前述の人物／堂島《どうじま》コウが知恵の実を食べる物語である。……勿論《もちろん》これは比喩《ひゆ》であり、実際に彼がエデンの園に侵入し知恵の実をもいで食べる、なんて破天荒《はてんこう》な話ではない。（それはそれで面白いンだろうけど。）この物語は私立日炉理坂《ひろりざか》高校で起きたとある事件の顛末《てんまつ》を、コウの行動を軸に再構成したものである。それは悪魔《あくま》が登場し、凶器《きょうき》が魔法のカメラだったりする奇妙な事件であり、そしてコウの人生を変えた《知恵の実》だった。……もっともその伝で言えば、この世のありとあらゆるものが《知恵の実》であるとも言えようが。

あなたが気がつかないだけで。

願わくば、この物語があなたの《知恵の実》とならんことを――。

それでは、物語を始めよう。

物語は、コウと悪魔の出会いから始まる――。

第一幕　悪魔登場／事件概要

1

インタフォンが鳴ったのは、コウが布団《ふとん》に潜り込んだ時だった。

雨が降っていた。雷も鳴っていた。

だから部活に行くのをやめ、寝直そうとしていたのである。午後一時、目覚めるには遅く寝るには早い時刻だが、コウはそういう事を気にする人間ではないし、周りにも気にするような人間（父とか、母とか）はいなかった。持って生まれた資質とそれを活かせる環境に感謝しつつ、布団の中に潜り込んだまさにその時、インタフォンが鳴ったのである。

「悪魔《あくま》です」

（ピンポーン）

新聞か何かの勧誘《かんゆう》だろう、無視する。

（ピンポーン　ピンポーン）

宗教か。

（ピンポーン　ピンポーン　ピンポーン）

やばい。

国営放送の人かもしれない。

やっぱり無視する。

（ピンポンピンポンピンポンピンポンポピンポピンポピンポピンポピポピポピポピポピポ）

うわぁ。

鬼のようなピンポン連打に、コウは枕《まくら》で耳を覆った。誰《だれ》だろう、何事だろうか。出るべきかもと思い始めてはいるのだが、この辺まで くると変な意地が生まれてたりして。

目をつむって無視を決め込む。

しばらくして、やっとインタフォンが鳴り止んだ。と、安心する間もなく、今度はドアが鳴り始めた。

「すいません、あの、いるんでしょう？」

どんどんどん、と、ドアを叩《たた》く音の合間に聞こえてきたのは、意外にも可愛《かわい》らしい、子供の声だった。女の子だろう柔らかい声が、今にも泣き出しそうに湿っている。

「いるんでしょう？　分かってるんです。出てください、大事な用なんです。なぜ、なんで、どーして出てくれないんです？　お願いしますっ。意地悪しないでくださいよぅ」

声に嗚咽《おえつ》が混じり始める。どうやら、本格的に泣き始めたらしい。

「……ひくっ……どうして……いじっ……あたし……うえっ」

文脈を成さない音の羅列《られつ》に耐え切れず、コウはインタフォンを取った。

「……誰《だれ》？」

「あっ、あのっ、堂島《どうじま》さん、ですよね？　あたし、怪しい者じゃないんです。あの、大事な話があるんです。あの、すごく大事な話なんです。すごく重要で」

「だ・れ？」質問を繰り返す。

「……すいません、失礼しました。あの、あたし」こほん、と咳払《せきばら》い、

「悪魔《あくま》です」

「あくま」

はい、そうです、と照れたような声。

「あなたの魂《たましい》を、いただきに参りました」

「へぇ」

沈黙。

「あのっ、できれば、その、直に会って話したいんですけれど……」

声が小さくなっていく。

「……入れて、もらえませんか？」

「悪魔、なんだよね」

「はい」

「魂を、いただくって？」

「そのつもりで来ました」

「間に合ってます」

コウはインタフォンを置いた。再びピンポン連打とドア殴打《おうだ》が始まった。ピンポンピンポンどんどんどん、間に合ってませんよぅ、そんなはずないじゃないですか、なんて声が聞こえてくる。

「あのね、君、いい？」

コウはドアの向こうに直接話しかけた。

「常識で考えて、悪魔なんか部屋に入れると思う？」

悪魔がいるのなら、だが。自分で言ってててなんだが、随分《ずいぶん》間抜けな台詞《せりふ》だ。

「……でも、だって……」

弱々しい少女の声。

ドアストッパーを外しながら、覗《のぞ》き窓を覗いてみる。

うわあ。

すっげー格好。

少女は床にしゃがみ込み、「ああ、上司《じょうし》も言ってたのにぃ、手の内をさらすなって。あたしったら、ばかばかばか」何やらぶつぶつ呟《つぶや》きながら分厚い本をめくっている。

「……君、悪魔《あくま》なんだったらさ、こんなドアくらい、通り抜けるとか、いっそ壊すとかできないの?」

「できま……っ、す、よ?」

少女が小さな胸を張るのが見えた。

「……できますけど、やれといってもやりません。何故《なぜ》ならこれは、知恵比べなんですから。ええ、そりゃあもう悪魔ですもん、人間なんて、それこそバターのように切り刻んで壁に塗りたくることができます。できますよ? でもやりません。知恵比べなんですから。それがフェアってもんでしょう? 悪魔は力を使わない、だから人間も意地悪しない、という、相互理解のルールを基盤に」

言葉の怒涛《どとう》を聞き流し、少女を眺《なが》める。

何というか、実に個性的な服を着ている。

というか、服を着ていない。

ボンテージファッションとでもいうのだろうか、その身に纏《まと》っているのは黒と白、青、そして赤色の、やけに光沢《こうたく》を放つエナメルなベルトだけだった。黒のベルトが手と足をすっぽりそして胴体《どうたい》要所を申し訳程度に覆い、その表面を青と赤のベルトが血管のようにのたくりまわっ

ている。白いベルトは少女の身体《からだ》を、《亀甲縛り《きっこうしば》》というやつだろうか、とにかくそんな形で《緊縛《きんばく》》していた。

悪魔《あくま》がモチーフなのだろうか。

本来なら肉体の豊満《ほうまん》さをアピールするはずのファッションが、未成熟《み》のボディを包み込んでいる、そのギャップが、かえってアヤしい背徳《はいとく》感を演出しているようだ。

すげぇ。

少女はひとしきりドアに向かって正義と公平を主張していたが、やがて口を閉じ、座り込んだ。

「……ずるいです。卑怯《ひきょう》です。ふぇ、フェアじゃないですっ。……こんな、ひどい……」

あーやばい、泣き出しそうだ。

入れるべきか、入れざるべきか。

ストッパーを外しながらも、迷う。悪魔？　本気だろうが冗談《じょうだん》だろうが、どちらにしてもアブないヤツだ。無視するのが賢明だ。

だけどなあ。

雨と涙に濡《ぬ》らした頬《ほお》に、縺《もつ》れた髪《かみ》を張りつかせ、寄る辺《べ》なく一人たたずむか弱き少女。

しかもすっげーコスプレしてる。

これを無視してしまうのは、男としてどうだろう。

間違っているんじゃないか？
悪魔かどうかはともかく、少なくとも、びしょ濡《ぬ》れなのは確かなのだ。
考えるまでもない。コウは
扉《とびら》を開いた。多分、この時、運命の。

2

「シャワー、使う？」

タオルを渡しつつ、さりげなく尋《たず》ねてみる。

「いえいえそんな、そこまでご迷惑は。タオルだけで結構《けっこう》ですから」

「でも濡れた服着たままじゃ、風邪《かぜ》引くぞ。着替えぐらい」

「大丈夫です」腰に手を当て、

「悪魔は風邪なんか引きません」

「……ああ、そう」

小さくため息、コウは暖房をつけた。しかしまあ、なんともトポロジカルな興味をかき立てる服装だ。一体、脱ぐ時はどこから脱ぐのだろう。てゆーか、一人で脱げるのか？　脱いだ後、再び着ることはできるのか？　ひょっとしたらベルトを巻いているように見えるだけで、実はちゃんとした（?）服なのかもしれない、そんなことを考えながら、髪《かみ》を拭《ふ》く少女に見入る。

思ったほど子供ではない。小学校高学年、いや、中学生ぐらいか。小学生ならいいけど、中学生だとやばいなぁ、あんな格好。どっちにしても一、二歳の違いなんだけど、なんとなく、気持ち的に。

「……君、いくつ?」

「生まれたばかりです。……実はこれ、初めての仕事なんです。だから緊張しちゃって」

へーそう。

コウは席を立つと、キッチンに向かった。

それにしてもなんつー服だ。ポケットも何もありそうにない。傘《かさ》は勿論《もちろん》お金も持たず、あの格好でここまで来たのだろうか。唯一《ゆいいつ》携えていたでっかい本は、何かの辞典のようだが、全く濡《ぬ》れてないように見える。

あんなにでかいのに?

髪はずぶ濡れなのに。

俺の名前を知っていた。

そうか、と納得する。これは悪戯《いたずら》だ。みークルの誰《だれ》かのイタズラか、ミス同の罠《わな》だ、そう考えれば合点がいく。恐らく誰か協力者がいて、少女はこのマンションで着替えて、ここに来る前に自ら水をかぶったのだろう、コウの同情を得るために。あのコスプレも、興味を引かせる為《ため》のものだろう。

　成功してるし。

　どーゆーつもりか知らないが、乗ってやろうじゃないか。もはや午睡《ひるね》への未練は完全に消え、冷蔵庫からウーロン茶を出しコップに注ぐと、コウは微笑《ほほえ》みながらリビングに戻った。

「それで、何の用だっけ」

　少女は、お構いなくと言いつつもコップを取り、舌を湿《しめ》した。緊張しているらしく、目をつむって深呼吸している。

　やがて目を開き、コウに向き直った。

「……それでは早速《さっそく》ですが、本題に入らせていただきます。堂島《どうじま》コウさん、ええと」

　本をめくる、かすれた音。

「……十二月十四日……一昨日《おととい》ですね、契約完了魔力《まりょく》を感知しました。あなた」

　声を潜め、ずずずいと近寄ってくる。

「望みを……叶《かな》えられましたね」

「……望み？」

「隠したって駄目《だめ》です。分かってるんです。ちゃんと、調べたんですから」

「……望みを？」

　一昨日、望みを叶えた？

一昨日《おととい》？

「ひょっとして、あの事件と関係が？」

分かってるじゃありませんか、と頷《うなず》く。

そうか、とコウも頷いた。

何しろあんな凄《すさ》まじい事件だ、利用しなけりゃもったいないと、誰《だれ》かが悪戯《いたずら》を考えたのだろう。そこまでは分かるが、しかしあの事件と自分の望みがどうつながるのか、てんで見当がつかない。

だいたい、俺の望みって？

「駄目だ。分からない」コウは白旗《しろはた》を上げた。

「だいたい、俺の望みって？」

ふっふっふ、と少女は言った。不敵《ふてき》な笑いを演出しているらしい。

「シラバクレルんですか？　いいでしょう。あたしがずばり、当ててあげます」

びっ、と、コウを指さす。

「あなたの望みは、あの男を殺すこと」

少女の演技っぽい仕草《しぐさ》が微笑《ほほえ》ましく、

「そして一昨日、その望みを叶《かな》えたのです」

その台詞《せりふ》の意味を理解するのに、コウは数秒を要した。

3

十二月十四日、全校集会の最中、その事件は起きた。

その時壇上《だんじょう》で話をしていたのは、二年女子受持ちの体育教師にして生活指導担当教諭《きょうゆ》、山《やま》崎《ざき》《ザ・ブルマ》誠一《せいいち》だった。噂《うわさ》によると二年前、女子の体育服がブルマからスパッツに替わった時、最後まで抵抗運動を繰り広げていた事から、人は彼を畏敬《いけい》を込めて《ザ・ブルマ》と呼ぶようになったという。


その日の話は、近づく冬休みへの注意と、秋頃《ごろ》から続いている連続ペット惨殺《ざんさつ》事件についてだった。ペットの心臓を針で突いて殺すというこの残酷《ざんこく》な事件は、夏からもう六件続き、未だ終わる気配がない。警察もまだ犯人について、何の手掛かりもつかめていないらしい。

《ザ・ブルマ》は叫んだ。こんな惨《むご》い事をする人間がいるなんて、信じられないかもしれない。しかしこれは、間違いなく人間の仕業、これが現在の社会なのだ。今はペットで済んでいるが、いつその標的が人間に替わるか分からない。自分の身を守れるのは自分だけ、もうすぐ冬休みだが、各自それを肝《きも》に銘《めい》じ、自覚を持って行動して欲しい。夜遊びするな、一人で危険な所に行くな、自分は大丈夫だと思うんじゃない――。

《ザ・ブルマ》は、いつも通り無駄に熱い説教をしていた。生徒もまたいつも通りに聞き流し、教頭もこれまたいつも通り、時計を見ては止めに入る機会を窺《うかが》っていた。

突然、マイクが不気味な声を拾った。

「……お、ま」

何を言おうとしたのだろう、熱血が売りの《ザ・ブルマ》とは思えない、暗く濁《にご》った声だった。恐らく生徒全員が、彼に注目しただろう。コウも見た。《ザ・ブルマ》は胸をかきむしり、泡をふいた。そのまま崩れ落ち、床に這《は》って苦しみ悶《もだ》えている。

「山崎《やまざき》先生！」

最初に動いたのは、生徒と一緒にいた養護教諭《きょうゆ》だった。壇《だん》に上がり《ザ・ブルマ》のもとに駆け寄ると、胸をはだけて聴診器を当てる。その頃になってようやく、他の教諭達も動き出した。一斉《いっせい》に駆け寄った。

まさにその瞬間だった。

《ザ・ブルマ》の胸から、血が噴き出し始めたのは。

全校生徒が見ている前で、《ザ・ブルマ》は噴水のように血を吹き出した。思いっ切り顔にぶっかけられて、呆然《ぼうぜん》とする保健医。白衣がじゅくじゅくと朱《あけ》に染まっていく。もう一人の体育教師が彼女を押しのけ、《ザ・ブルマ》の胸を手のひらで押さえた。血を止めようとしているのか。その後ろで、走ってきた教頭が思いっ切りこけた。血溜《ちだ》まりで足を滑らせたらしい。身体《からだ》の右半分にべったり血をつけ、よろよろと立ち上がる姿はゾンビそのもの。

誰《だれ》かが悲鳴を上げた。

悲鳴は、忽《たちま》ち体育館中に満ち満ちた――。

「……あれか」

事件の光景を思い出し、吐き気を覚える。

何しろ一昨日《おととい》の事件なのだ。思い出と呼ぶにはあまりにも生々しい。

あの後、もう学校中が大騒ぎとなった。誰もが事件の話で持ち切りだった。警察が来て、四百人近くいる生徒全員に事情聴取《ちょうしゅ》していった。警察って大変だなぁ。その後、保健医が任意《にんい》同行されていったそうだが……。

死因は心臓刺突《しとつ》によるショック死。

ペットの変死事件と同じ。

死の直前にしていた話の内容を考えると、実に皮肉《ひにく》な結末である。

「……あれを、俺がやったって?」

「そうです」再び、ふっふっふ。

「うまくやったつもりでしょうが、あたしの目はごまかせません。あれは、あなたの仕業でしょう?」

「あれを俺がやったって?」

「そうです」少女の顔が、少し曇った。

「言い逃れをしても、心証が悪くなるだけですよ？　素直に認めてしまいなさい」

「あれを……」

はっ、と我に返る。冷静になれ、俺のわけないじゃないか。つまり彼女は、そういうゲームを挑んで来ているのだ。混乱していた自分がおかしくなり、コウは笑った。

むっとした顔で、少女、

「何がおかしいんですか？」

「いや」真面目《まじめ》な顔を作り、

「つまり君は、俺があいつを殺したと言ってるんだよね」

「はい」

「でも、どー考えても、俺には無理だと思うんだけど。ザ・ブル……山崎《やまざき》が苦しみ出した時も、血を吹き出した時も、俺は壇《だん》の下にいたんだから。だいたい、それを言うなら誰《だれ》も、山崎に近づいちゃいなかったし」

血を吹き出した時は別だが。あの時は保健医がいた。彼女なら殺せるかもしれない。というか、状況的には彼女しかいない。だから警察も、彼女に任意《にんい》同行を求めたのだろう。

だが苦しみ出した時、近くには誰もいなかった。

それは。

全校生徒が証人だ。

「俺に先生を殺すのは無理だ。だろ？」

「そうですね。普通は、無理です」

あっさりと、少女。コウは少し拍子抜けした。彼女がどんな論理でコウと事件を結び付けてくるのか、少し期待していたのである。

「……認めるの？」

「ですから、普通は、と言ったんです。あなたは、あの男を殺したかった。でも、人《じん》智《ち》のやり方では不可能。そこで」

おいおい、まさか。

「悪魔《あくま》の力を使った。あなたは悪魔と契約したんです」

「そういう推理は、どうかなぁ」

顔をしかめる。

「かなり反則な気がするけど。……それこそ卑怯《ひきょう》なんじゃない？」

「そうです！　勿論《もちろん》です。この世のノリに反する訳ですから。ですから、それなりの対価《たいか》を支払って頂くというわけです。即ち、魂《たましい》」

なんとなく会話が噛《か》み合ってない気がして、コウは黙り込んだ。

近づき、コウの顔を見上げてくる少女。不安そうに曇った顔が、すぐ目の前にある。

初めて、少女の瞳《ひとみ》の色に気づく。

血のように濡《ぬ》れた赤。

何故《なぜ》だろう、凄《すご》く嫌な予感がする。

「……あの、分かりますよね？　あたし、間違った事言ってませんよね？　あなたは、悪魔《あくま》の力を使って望みを叶《かな》えた訳ですから、魂《たましい》を渡すのが道理というもの、でしょう？」

あたふたと本を広げ、逆《さか》さにし、ポンと叩《たた》く。

古めかしい、木製のカメラが落ちて来た。

「使用した《知恵の実》も分かってます。シリアルナンバ・四〇三、《ピンホールショット》。あなたはこれを使って望みを叶えた、そうでしょう？」

どう見ても、本より厚い。

そっと触る。本物だ。紙か何かの偽物《にせもの》じゃない。

「……これって、写せるの？」

聞きながら、何バカな事聞いてんだお前と自分にツッコむ。

他に何か、聞くべき事があるんじゃないか？

「いえ、写真は撮れますけど、あくまでサンプルですから実用はできません」

実用。

「本物を持った時、あなたには分かったはずです。使用方法と、これがこの世の法則から外れたモノだという事が。その時、あなたは無意識下で契約したんです。その魂と引き換《か》えに、望みを叶えるという、イニシエの悪魔の契約を」

契約。

「一昨日《おととい》、あなたの望みは叶えられました。その魔力を感知して、あたしは来ました。契約を履行《りこう》し、魂《たましい》をいただくために」

「一昨日の、あの事件が……」

悪魔の力による犯行？

確かに、色々と不可解《ふかかい》な事件だった。

作り話なら、これほど突飛《とっぴ》な話はない。

だが真実なら、これほど論理的な話もない。不可解なのではなく、もともと人間の理解を超えた事件だったのだ。そう考えれば、突然壇上《だんじょう》で苦しみ出し血を吹き出して死んだのも、ペットと同じ死に方をしたのも頷《うなず》ける。

けど。

そんなバカな。

そういうのって、ありか？

いや、何かトリックがあるはずだ。

コウは混乱しながらも、本から出て来たカメラを手に取った。いったいどうゆう仕組みなんだ？　というコウの問いに、たちまち答えが返ってくる。直に。

声と映像が、頭の中にあふれ出す。

これはシリアルナンバ・四〇三、《ピンホールショット》。

原型は絵筆《えふで》、伝説は中世期。ある貧乏《びんぼう》画家が貴人《きじん》の肖像画を依頼されたが、赤い絵の具がなく絵を完成させられなかった。貴人は怒り、是が非でもすぐに完成させるよう迫った。画家はやむなく、己の心臓に穴をあけそこから流れ出る血で絵を完成させたという。

完成させ、死ぬ間際《まぎわ》、画家は言った。

「我が絵筆に描かれるもの、呪《のろ》われよ。その血の赤で己が姿を彩《いろど》るがいい」

魂《たましい》と引き換えに、画家はそう望んだのだ。

以来、その絵筆で肖像を描かれたものは皆、心臓に穴が空き、死んでいったという。

その絵筆が時を経《へ》、モードチェンジを繰り返していくうちに現在のポラロイドカメラの形になった。《ピンホールショット》は二代前の持ち主が名付けた名前である。

使い方は簡単。ただ相手を写し、写真を傷つけるだけでいい。どこをどう傷つけても、その瞬間呪《のろ》いは見えない針と成り、服も鎧《よろい》もすり抜けて相手の心臓に突き刺さり、血を吹き出させてその身を赤く染める。

写真は、顔を含む半身が必要、有効時間は相手を写してから九分。それを過ぎると普通の写真になる。また、その九分の間に被写体《ひしゃたい》の服装が替わっても、呪いは無効になる。

今の所有者になって十三回使われている。

所有者は——。

「あっつ」

カメラが突然熱くなり、思わず手を放す。

カメラは床に落ち、そのまま潰《つぶ》れ始めた。しゅうしゅうぶくぶく音を出し、内側へ内側へと潰れていく。

硫黄《いおう》のような、腐った臭い。

「大丈夫です。サンプルですから。いくらでも作れます」

少女は慌《あわ》てず本を逆《さか》さに広げ、カメラの残骸《ざんがい》にかぶせた。持ち上げると、もうそこには何もない。何の跡もない。

「とにかく、そういう訳ですから。あなたは望みを叶《かな》えた、認められますね？　魂の引き渡しに、同意していただけますね？」

コウは口を開けた。

が、言葉は出て来ない。たった今体験したものの残響《ざんきょう》が、まだ頭の中に響《ひび》いている。

沈黙を是《ぜ》と受け取ったのか、少女は嬉《うれ》しそうに微笑《ほほえ》んだ。

「良かった、話の分かってくれる人で。不安だったんです。人間はズル賢いって、もー上司《じょうし》に散々クギを刺されましたから。でもやっぱり、ジュッパヒトカラゲにしちゃあ駄目《だめ》ですよね。人間にだって素直な人はいるんですよね、悪魔《あくま》だって、色々ですし」

一気にまくしたてると、それでは、と、そっと手を伸ばしてくる。

吐息《といき》がかかる。

首に腕がまわされる、柔らかい感触。

「あなたは知恵の実に出会い、望みを叶《かな》えた。従って、古《いにしえ》の契約に基づき」

耳朶《じだ》をくすぐる、少女の甘い声。

「魂《たましい》を、いただきます」

めりめりと、肉の弾《はじ》ける音。

血飛沫《ちしぶき》が上がる。

少女の、剝《む》き出しの背中が、ゆっくりと裂けていく。

血と粘膜《ねんまく》に包まれて、濡《ぬ》れて光るは
猛禽《もうきん》を、思わせる
黒い翼《つばさ》。

本物だ。

黒い翼はみるみる大きく広がっていく。乾いた粘膜《ねんまく》が粉になり、飛び散り、光に映えて輝いた。

事ここに至ってようやく、コウは、自分がとてつもなくやばい事態になっている事に気がついたのだった。

目の前に、悪魔《あくま》がいるという事に。

4

死ぬのか。

本物だったとは。

まさか悪魔に殺されるとは。

屹立《きつりつ》する、巨大な黒い翼。しかし、不思議と恐怖はない。

誰《だれ》も信じないだろうな、こんな話。思わず笑みがこぼれる。誰にも信じてもらえない、考えてみればらしい死に方だ。耳に少女の吐息《といき》を感じ、コウは無意識に彼女を抱き締めた。温かく柔らかい、生き物の感触。この感触を知っている。あれは……。

目を閉じて温《ぬく》もりの中。

その時を待つ。

少女の声が耳に響《ひび》く。

「あれっ？」

その時を待つ。

「あれれ？　おかしいな……、えーと」

その時を待ち切れず、コウは口を開いた。

「……早いとこ、やってくんないかな。なんか恥ずかしいんだけど」

「あの、それが……あっ？　……あの、その、その、その」

顔が、耳まで真っ赤に染まる。

少女を抱き締めている自分に気づき、コウは慌《あわ》てて身体《からだ》を離した。

「あー、……ごめん」

「いえ……」

少女は含羞《はにか》んでうつむいている。

「……それで？」

「……え？　あっ、すいません！　ちょっと待ってて下さいね」

少女は後ろを見、そのまま一回転して、今度は逆に振り返った。何度かそうした動作を繰り返し、泣きそうな顔を作る。

見かねてコウは口を出した。

「あのさ、あせらないでいいから。……それでさ、君が動くんじゃなくて、羽根を動かせばいいんじゃない？」

「あっ、そうですね。あたしったらなぜ、なんで、どーしてこんな簡単な事」

やはり、自分の羽根を見ようとしていたらしい。

翼《つばさ》が大きく、たわむ。

「ちょっ」

たわんだ羽根の恐ろしいまでの緊張感に危機感を覚え立ち上がったコウは、そのまま吹き飛ばされ壁に当たり床を弾《はず》みしかし風は休息を許さずコウを捕らえ天井《てんじょう》に放り再び壁を中継して窓の外、自由の虚空《こくう》、具体的には地上三十メートルを目指して防震《ぼうしん》ガラスを突き破った。

「――――――――――！」

間一髪《かんいっぱつ》、ベランダの手すりを掴《つか》む。

「きゃーっ？　どうしましょうどうしましょうどうしましょうどうしましょうどうしま」

慌《あわ》てふためく少女。だが風は吹きやまない。

コウは七階のベランダから地上に対し平行に、ノボリのようにはためきながら叫んだ。

「はね、はね、はね！」

「はね？　羽根がどうしました！」

「止めろっ！」

唐突《とうとつ》に風が止《や》んだ。全体重が戻るのを感じ、慌てて手すりにしがみつく。必死によじ登り、なんとかベランダ内に身体を転がし込む。

安全圏内《けんない》に身体を落とし込み、コウはようやく呼吸を思い出した。どきどきする胸を押さえ、深呼吸を繰り返す。

「あの、ごめんなさい、ほんと、その、ごめんなさい、翼《つばさ》って、動かすの難しくて」

手を振って、気にするな、の意を表する。

強がりではなく、先程《さきほど》の体験のせいで感情が一部マヒしているようだ。自分が怒っているのか助かった事を喜んでいるのか、見当がつかない。

部屋の中は、見事に空っぽだった。

ホットカーペット以外は見事に吹き飛ばされてしまっている。下にいた人は、さぞかし珍妙《ちんみょう》な雨を経験したことだろう。まぁ、もともとダイニングにはテーブル以外、家具らしきものを置いてなかったから良かったが、これが寝室だったら大変な事になっていた。血と汗と涙で買った電化製品を壊されでもしていたら、コウは風に頼るまでもなく大空へと飛び出していたはずだ。

……さっきまで、死を覚悟していたくせに。

思わず、笑い。

つられたのか、少女も笑った。

「っ笑うな！」

「はいっ！　すいませんっ！」

全身が痛みに気づき始めた。同時に、怒りも込み上げてきて、思わず声を荒げる。

「お前な！　一体《いったい》何がどうしたか知らないが、持ってくなら持ってけ！　殺すなら殺せ！」

「そ、そんな」たちまち涙目《なみだめ》になる少女。

「だって、だってだって、そっちがずるいんじゃないですかぁ」

「俺が、ずるい？」

「ちゃんと、心の底から、契約を認めてないじゃないですか」

翼がゆっくりと、動き始めた。細心の注意を払っているのだろう、奇妙に無表情な顔。

気をつけてくれているのだろう。……そうだ、悪気《わるぎ》はないはずだ。落ち着け、大人《おとな》げない、相手は子供だ、悪魔《あくま》だけど。なにやらＵＦＯキャッチャーを見ているような感覚に、コウは冷静さを取り戻した。自分の身体《からだ》の状態を確かめる。身体中がずきずき言っている。特に頭。血は出ていないようだが、確認できるだけでも五つ、コブができていた。身体もきっと痣《あざ》だらけになっているだろう。勿論《もちろん》、運が良かったのだ、下手《へた》すれば死んでいたのだから。

コウは小さくため息をついた。

「ほら！　見てください！」

少女はようやく視界に入った翼から黒い羽根を一枚抜き、コウに見せた。

何がほら！　なのか分からぬまま、頷《うなず》く。

「……それで？」

「ちゃんと、心の底から負けを認めていただかないと、魂《たましい》はいただけないんです」

「……負け……って？」

「それは……だから、その、つまり……あたしに、望みを叶《かな》えた事を、……その、見抜かれた、という」

声が小さくなっていく。

「……ちょっと待て」

コウは痛む頭を押さえた。

「それはいったい、どういう事だ？」

「契約の前提は契約者の自由意志でして、ですからちゃんと認めていただかないと、魂《たましい》は引き取れないのです」

「そうじゃなくて……お前、見抜かれた、と言ったな」

「……」

「……見抜かれたって事は、つまりお前、読心術《どくしんじゅつ》とか超能力で人の望みが分かるわけじゃないんだな」

「……」

どうやら図星《ずぼし》らしい。

「じゃあお前、どうして俺がそれを望んだって分かるんだ？　……っていうか、それ、本当に俺の望みなのか？」

自分で言ってて何だが、バカな質問だ。

「どういう根拠で、そう思うんだよ？」

「……秘密です」

「秘密って、なんで、秘密なんだよ」

「……切り札、ですから」

「切り札って……お前、今使わないでいつ使うんだ？」

コウに睨《にら》まれ、少女は小さく、明日《あした》、と呟《つぶや》いた。

「明日ぁ？」

「……あさって、かも……特に、決めていませんし、だって……」

声に泣きが入り始める。

うわぁ。

いじめてるみたいじゃないか。

こっちは魂が、かかってるんだぞ？

「……もしかして、勘違《かんちが》いじゃないの？　俺の望みじゃないんじゃない？　なんか自信たっぷりに言うもんだから、心の底で望んでたのかも、とか、思ったんだけど。……やっぱどー考えても、俺がそんなん、望んだはずがないよ。あの先生、俺にはどーでもいい存在だったし」

ひでぇ言い草。

でも、本当だし。

「そんな、今頃《ごろ》ずるいじゃないですか。さっきは認めてくださったのに」

「あれは……」

あれはお前が悪魔《あくま》だという事実に度肝《どきも》を抜かれていただけだ、と、今更《いまさら》言うのも恥ずかしく、コウは口をつぐんだ。

いや、死を認めたのも事実だが。

少女がたたみかけてくる。

「寸前で、怖くなったんですね？　よくある話です。でもね、悪あがきはいけません。いいですか、いくら抵抗しても、結局は同じことなんですよ」

要は、と一旦《いったん》口を閉じ、少女は凄《すご》みのある、と自分では思っているらしい、でも何だか靴の中に石つぶが入って気持ち悪いのをこらえているようにしか見えない表情を作った。

「痛いか、楽かの違いです」

どうやら脅迫《きょうはく》しているつもりらしい。

他の誰《だれ》かにやられると無茶苦茶ムカついただろーが、しかし少女のそれは実に可愛《かわい》らしく子供っぽく、コウは思わず少女の頭を撫《な》で撫《な》でした。

少女はぽかんとしている。

アプローチを変えよう。

考える。

「……じゃあさ、仮に、俺がそれを望んでいたとしよう。俺は、そのカメラを持って……」

雷に打たれたよーな衝撃《しょうげき》が、身体《からだ》中を走った。安堵《あんど》感と羞恥心《しゅうちしん》、そしてちょっとした絶望感のごちゃまぜに、思わず座り込む。

なんてこった。

「俺はバカか？」意図せず言葉が口に出る。

「そもそも俺は、そのカメラを持ってないじゃねーか」

そーいうことなのだった。

5

ガラスを失った窓を、冬の風が今この時とばかりに吹いては抜けていく。それはそのまま、コウの心象《しんしょう》風景だった。

ちょっとばかし、ショックだった。

何がショックなのか、分からなかったが。

「そーだよ、カメラを持ってない俺が、どーしてそんな事できるんだ？　お前、最初《さいしょ》っから間違ってるじゃねーか」

照れくさくて、ついつい語気が荒くなる。

「そ、そんなことありません。きっと、どっかに隠しているんです」

きっとなって反論する少女。しかし、どうやらカメラがない事には気づいていたらしい。言葉の感じからそれを察し、コウは、

「じゃあ」

家捜《やさが》しでもしてみろ、という言葉を慌《あわ》てて呑《の》み込む。下手《へた》に家捜しなんかさせて、寝室の大事な電化製品を壊されでもしたら、今度こそ大空へダイブせずにはいられなくなる。

「……何で俺が持ってると思うんだよ。根拠《こんきょ》はなんだ？　証明できるのか？」

「持ってないことを、証明できますか？」

「……できない」否定命題《めいだい》は証明できない。

「ほら。やっぱり、持ってるんです」

これじゃあ堂々巡《めぐ》りだ。

「……じゃあ、話を戻すけど、仮に、俺が持ってたとして」

コウは手でカメラの大きさを示した。

「こんな目立つもの、どうやって隠《かく》すんだよ。絶対見つかる、体育館に持ち込む前に没収されちまうぞ？　だいたい、俺がそんなもの持っていなかった事は、周りの人間がいくらでも証言してくれる……」

待てよ？

それは何もコウだけではない。体育館にいた全《すべ》ての生徒について言える事である。

先生ならどうだろう。先生なら奇妙なカメラを持っていても、没収される事はない。

あの時、壇上《だんじょう》にはカメラを持った先生はいなかった、それは確かだ。しかし、全ての教諭《きょうゆ》が壇上にいたわけではない。保健医を始め何人かの先生が、下で生徒を見回っていた。

そいつらなら。

「あのさ……」

言いかけて、止《や》める。

待てよ？

カメラが凶器《きょうき》と分かっているなら、誰《だれ》だってまず、カメラを持っている人間を疑うはずだ。いくらこの子が子供でも、間抜けでも、悪魔《あくま》でも、それぐらいは……。

「……いなかったんだな」

少女、頷《うなず》く。そして慌てて首を振る。

「違います、そう見える人間はいなかったという事です。そう見えなかっただけで、持っていたはずです。分かってるんです。人間はズル賢いから、いくらでも凄《すご》いトリックを思いつくから油断するなって、上司《じょうし》にも言われましたし」

なおも続く少女の言葉を遮《さえぎ》り、コウは繰り返した。

「いなかったんだな、……カメラを持った人間は。あの時、あの場所には」

少女、渋々頷《しぶしぶうなず》く。

どういうことだ？

カメラの有効時間は九分間、朝礼《ちょうれい》が始まってから十分以上立っていたのは確かだ。つまりあの時あの場所で、《ザ・ブルマ》は写真を撮られたということになる。なのに、誰《だれ》もカメラを持っていなかったという事は……。

「カメラじゃなくて、バッグとか、カメラを入れられそうなものを持っていた人間は？」

「いませんでした。みんな、手ぶらで」

まあ、そうだろう。朝礼に行くのに、荷物を持ってく人間はいまい。

「……外はどうなんだ？ 体育館の外から撮ったということは？」

「体育館の外、写真を撮れそうな範囲には、人そのものがいませんでした」

「そんなバカな。それじゃやまるで」

ミステリーじゃないか。

「……本当にそのカメラで、ザ・ブ……山崎《やまざき》は殺されたのか？」

「はい。契約完了魔力《まりょく》が感知されたという事は、そのアイテムで望みを叶《かな》えた、という事です。いつ、どの瞬間にどういう形で《ピンホールショット》が使われたかは分かりませんが、使われたのは確かです。《ピンホールショット》の用途を考えれば……」

《ザ・ブルマ》の異常な死《し》に様《ざま》を思い出す。

一人で突然苦しみ出し、悶絶《もんぜつ》し、血を吹き出して死んでいった。人間がやったと考えるよりは、悪魔《あくま》の力と思ったほうが（それでも結局は人間の犯行なのだが）納得できる。

しかし、この状況は……。

殺すには、カメラで写真を撮らなければならない。

だが、カメラを持った人間はいなかった。

ミステリーだ。

その言葉の響《ひび》きに、しばしジンとなる。

……待てよ？

「……お前まさか、それで犯人が分からないもんだから、あてずっぽうで俺のところに来たんじゃないだろうな？　分かってるとか知ってるとかやけに繰り返して、なんか無理やり認めさせようとしてるみたいだったけど」

「なっ、なんてこと言うんですか！」

少女の顔が真っ赤に染まる。

「ひっ、人一人《ひと》の運命を決める大事な事を、あ、あてずっぽうで決めるなんて、そんな事、する訳ないじゃありませんか！　なぜ、なんで、どーしてそんなひどい事をっ。あたし、あたし……」

涙ぐみ頬膨《ほおふく》らまし、上目《うわめ》使いにこちらを睨《にら》みつけてくるその姿は何ともいとおしく、コウは少女の頭を撫《な》で撫《な》でした。

「分かった分かった、じゃあせめて、俺が犯人だという根拠《こんきょ》を教えてくれよ。それが納得いくものなら、魂《たましい》でも何でもあげるからさ」

「……ほんと、ですか？」

「ほんとほんと」

「……絶対に、本当《ホントー》ですね？　あとで、うっそー、とか、言いませんね？」

「言わない、約束する」

少女が小指を立てた。

了解《りょうかい》し、指切りをする。まさかこんな年齢になって、こんな恥ずかしい真似《まね》をさせられるとは。コウはゆうびきぃりげんまん、ううそつぅいたらと歌いながら心の中で涙した。

では、と言って少女は、本——どうやら魔法のアイテムの目録らしい——を開いた。

最近書かれたものらしい、たどたどした文字。恐らく少女のものだろう書かれた文字は、全く見覚えないものだ。

「……これは？」

「計算です。あたしが、しました」得意そうに、少女。

「あなたの言うとおり、あの事件の状況はとても不可解《ふかかい》なものでした。そこであたしは、別の方向から調査する事にしたんです」

「……具体的には？」

「運命係数《けいすう》です。この数値が高いほど《知恵の実》に出会う確率が高いんです。あたしはあの場所にいた全《すべ》ての人間の運命係数を計算し、特に絶対値と振幅値の高い人間を選定し、乱数《らんすう》でふるいにかけ、インスピレーションで味付けし、最終的には直感に頼りましたが、そうやってあなたを見つけ出したんです」

「……後半はギャグ？」

少女は一瞬きょとんとし、すぐに緊縛《きんばく》されているようで実は緊縛できない胸をはった。

「あたし、計算は得意なんです。上司《じょうし》にも褒《ほ》めて貰《もら》えましたし。それに、占っても貰いました。上司の占いによると、この計算に従って行動すれば八〇％の確率で大丈夫だろうと」

「……その上司の占いは、当たるのか？」

「はい！　凄《すご》く良く当たると言ってました」

「誰《だれ》が」

「本人が」

「……とにかく、残念だけど」

コウは肩をすくめた。

「今回は残りの二〇％だったみたいだな」

「どういう意味ですか？」

「だから、ハズレだよ。俺は犯人じゃない」

少女の顔が強《こわ》ばった。みるみる瞳《ひとみ》に涙が溜《た》まっていく。

「そんな……約束したじゃないですか！　話したら、魂《たましい》、くれるって！」

「あのなぁ、いくらなんでも、その《知恵の実》？　だか何だかに巡り会う確率が高いからって、そんな勘《かん》や占いだけで、犯人と決めつけられてたまるか！」

「だって、だって、そんな、ずるい……」

約束したのに……と、少女。今にも泣き出しそうだ。コウはため息をついた。

「しょうがないだろ、俺、本当に犯人じゃないんだから」

「……約束、したのに……手の内を……明かして……切り札、だっ……ずる……えっ」

ついに泣き出す。

これは反則だよなぁ、と、コウは頭を掻《か》いた。こいつは人間じゃない、悪魔《あくま》なんだ、子供じゃないんだ、まあ、生まれたばかりとか言ってたけど。

なんとも胸が痛い。

「……とにかくさ、いっぺん帰って、上司《じょうし》とやらに相談してみたら？」

「……かえっ、れ、ません……」

「なんで」

「……能力が、封印《ふういん》されて、いるんです」

「封印？」

少女は少し泣き止《や》んだ。ちょっと偉そうに、こほん、と咳《せき》をし、

「……契約完了魔力《まりょく》を感知したら、まずアストラル体を使って事件を調べます。充分《じゅうぶん》調べたら、今度はマテリアル体に自分を封印します。これは、勝負を公平な知恵比《くら》べにするための措《そ》置《ち》で、悪魔としての能力がほとんど使えなくなっちゃうんです」

この羽根の力以外は、使えないんです、と少女はそっと羽根を撫《な》でた。

「知恵比べに勝ち、相手に契約した事を認めさせられたら、自動的に封印は解《と》けて、魂《たましい》をいただく事ができるようになります」

「それ以外に、封印を解く方法はないの？」

「いえ。実は封印自体《じたい》は、自分の意志で好きな時に解けます。……でも、自分で解いちゃっ……たら、負けた、ことに……ううっ」

涙がぶり返して来たようだ。再び嗚咽《おえつ》し始める少女に、コウはため息をついた。

「……負けって、つまり、どういうこと？」

「魂をいただく……権利を、放棄しなきゃ、いけ、な、く、な、なって……」

よしよし、と、少女の頭を撫《な》でる。

「……まあ、仕方ないじゃん。今回は、相手が悪かったんだよ。今回は潔《いさぎよ》く諦《あきら》めて、次、頑張れ！　……な？」

「……ひっ……く、次は、うっ、無いん、ですぅ……っふっあ、あた、し……生まれた、ばかり、で、試運《しうん》、転《てん》、だから」

少女はついに、本格的に泣き出した。

「しっぱ、い、したら……みっ、みこみなしって、……け……され……ちゃう……」

失敗したら消されちゃう？

「で……でも、うくっ、もう……らない、からっ……ひくっ……あっ、あなたじゃない……と、困っ、……るんです……ようっ」

そんなこと、言われてもなぁ。

少女はもうしゃべれなくなったのか、ひくっひくっとただ泣き続けている。

しばし迷い、意を決し、コウは少女を抱き寄せた。

抱き締める――。

左胸に、少女の頭を優しく当てる。心臓の音を聞かせる事で、赤子《あかご》は安心するという、本当かどうか知らないが。慣れない行為だったが、何故《なぜ》だろう、身体《からだ》は滑らかに動いた。

俺には妹がいた。という。

こんなこと、してたのかな。

そんなことを考えながら、コウは、少女が泣き止《や》むまでずっと、そうしていた。

6

しばらくして泣き止《や》むと、少女は顔を上げ、照れた笑みを見せ、身体《からだ》を離した。勿論《もちろん》、お約束の鼻噛《はなが》みも忘れていなかった。

「……ありがとう、ございます。……その、みっともないとこ、見せてしまって」

「いや、……気にするな」

ぶひゃらしゅくしゅらてぃ、という、世にも恐ろしい擬音《ぎおん》に凍りついていたコウは、その声にやっと自分を取り戻した。ああしかし、胸についているであろう粘性《ねんせい》を持つ液体については考えたくもない。考えるべきは。

「……大丈夫？」

「はい、もう大丈夫です。前向きに考えることにします。封印《ふういん》を解《と》いたら負けになっちゃいますから上司《じょうし》には頼れませんが、逆に考えれば、封印を解かない限り負けにはならないわけですから」

爽《さわ》やかな笑顔。

「生きてる限りあなたに張り付いて、いつか必ず、尻尾《しっぽ》をつかんでみせます」

「はっはっは・こいつぅ」

コウは少女の頭をグリグリした。

「じゃあ、ちょっと待ってろ。着替えてくるから。そしたら出掛けよう」

どこへ？　と少女。

コウは、ガラスを失った窓から外を眺《なが》めた。

あんなに降っていた雨は、いつの間にか止んでいる。

「学校」コウは答えた。

「犯人捜し、手伝ってやるよ」

少女の顔を見て、ため息をつく。

「お前の相手よりは、多分、楽だ」

そーゆうことになったのだった。

第二幕　探偵登場／第二の事件

1

日炉理坂《ひろりざか》高校にはミステリーの同好会が二つある。《ミステリー同好会》と《みすてりぃサークル》――通称みークル、である。

元々は《ミステリーサークル》という一つの部で、高校の部活にしては大掛かりな部室を持つ由緒《ゆいしょ》正しい倶楽部《くらぶ》だった。それが分裂し同好会に格下げされたのが一年前。その原因を作ったのが、現みークルの部長である三束元生《みつかもとなり》一年生である。

三束元生は一年の時《ミステリーサークル》に入ったのだが、入部して三カ月のある日、突然「こんなのミステリーサークルじゃない」と叫んで勧誘《かんゆう》の鬼と化した。

その頃《ころ》、字義《じぎ》をそのままにとらえる男だった三束元生は、どうやら《ミステリーサークル》をミステリー好きのサークルではなくミステリーな人間のサークルだと思っていたらしい。それが違っていた事に気づいた時、しかし三束元生は退部しなかった。この傲慢《ごうまん》な男は、間違っていたのは自分ではなく部そのものだと考えたのである。

そこで三束元生《みつかもとなり》は、部を本来の方向に戻す（と本気で考えていた）ために必要な人材――良く言えば不思議な、はっきり言えば変な人材――を集め始めた。奇怪な噂《うわさ》、趣味嗜好性癖《しこうせいへき》、そういった何かを持つ人物を探し、手当たり次第に勧誘《かんゆう》してまわったのである。

コウもまた、そんな彼のレーダーに引っ掛かった人間の一人だった。

三束元生はある日、日炉理坂《ひろりざか》中学に通っていたコウのところにやって来た。その初《しょ》対面はこんなふうだった。

「僕の名は三束元生。僕を呼ぶ時は、三束でも、元生でもなく、三束元生と呼んで欲しい。くんも、さんも、先輩《せんぱい》もつけなくていい。それが僕の名前なのだから。僕も君を、堂島《どうじま》コウと呼ぼう」

三束元生は当時、生徒はおろか先生にも、初対面の人間には必ずそう言っていた。もっともそれから三カ月後、彼は名前など何の意味もないということを悟《さと》り、《部長》と名乗るようになる。今では、部員はおろか先生まで彼を「おい、《部長》」と呼んでいる。

それはともかく、彼はコウに言った。

「君の妹は、宇宙人に誘拐《ゆうかい》されたらしいな」

「はい」

「君は高校に上がったら、ミステリーサークルに入りたまえ」

「……考えときます」

その時はそう答えたが、正直入る気はなかった。何が悲しゅうて男同士で、名前、それもフルネームを呼びあわにゃならんのだ、考えただけでもぞっとする。しかし二日後、隣のクラスの冬月日奈《ふゆつきひな》に、

「君、ミツカモトナリに勧誘《かんゆう》されたんだって？　いいなぁ。あたしも高校入ったら、あそこに入部するつもりなんだ」

と言われた時には、すっかり入部する気になっていた。

やっぱり恋をしたかったから。

それはともかく、そういう調子で三束元生は変人を集め続けた。

だが、変人だからと言ってミステリーを読んでいるとは限らない。

《ミステリーサークル》なのに、ミステリーを読まない人間が増えていく――。

生粋《きっすい》の部員達が歴史ある部の質の低下を恐れ始めた矢先《やさき》、事件は起こった。

その朝、彼らが登校してくると、部室から《ミステリーサークル》の看板《かんばん》がなくなっていたのである。代わりに掛かっていたのは《みすてりぃサークル》という看板だった。

原因は、三束元生が勧誘した双子《ふたご》の姉妹だった。この双子の実家、舞原《まいばる》家は知らぬ者なき日炉理坂最大の権力者で、そしてその娘達もまた権力者だった。三束元生はこの双子を、ただ双子であるというだけで勧誘したのである。

双子《ふたご》——正しくはその姉の方——は、こう言ったという。

「《ミステリーサークル》の《ミステリー》の部分を、平仮名《ひらがな》の《みすてりぃ》に変えてもいいなら、入部してあげる」

理由は、その方が可愛《かわい》いから、らしい。

変えてくれるなら、ではなく、変えてもいいなら、なのが凄《すさ》まじい。

普通なら一笑《いっしょう》に付すような条件だが、折しも三束元生《みつかもとなり》はその時、名前には何の意味もない事を悟ったばかりだったので、

「いいんじゃない？」

と、答えた。

運命が、別れた。

双子は実際に、いったい誰《だれ》にどんな圧力をかけたのか《ミステリーサークル》を《みすてりぃサークル》に変えてしまったのである。

事ここに至ってついに、ミステリーを愛する者達は立ち上がった。彼らは当時の部長に三束元生を退部させるように直訴《じきそ》し、それが聞き入れられないなら自分達が出て行ってやる、と息巻いた。好きにすれば？　と当時の部長、女性だった、は答えた。そこで彼らは退部し、新たに《ミステリー同好会》を作ったのである。

もっとも、彼らは最初から同好会を作るつもりでいた訳ではない。彼らは、自分達が部を辞

めれば、ミステリーを愛する大多数の部員がついてくるだろうと目算《もくさん》していたのである。自分達が辞めればほとんどの部員が辞めるだろう、そうなれば、何しろ三束元生が集めた変人のほとんどは来年入学してくる新一年生だったので、《みすてりぃサークル》は定員割れを起こして消滅するしかなくなる。その時こそ再び《ミステリーサークル》として復活する、そんな計算をしていたのである。

ところが、彼らが辞めた時、ついて来たのは男子部員ばかりだった。

女子部員は誰《だれ》も、辞めなかったのである。

理由は明らかにされていない。彼女達は男子の堅苦《かたぐる》しいミステリー論にうんざりし、もっと気楽な、楽しいミステリー話をしたかったのかもしれない。あるいはもっと単純に、群を抜いて甘いマスクを持つ三束元生と離れ難《がた》かっただけかもしれない。来年入部する事が約束されている新入部員に、可愛《かわい》い男の子がいるという噂《うわさ》も一役買《ひとやく》っていたのだろう、とにかく女子は誰も辞めず、結局《みすてりぃサークル》は定員割れを起こさず存続、《ミステリー同好会》は女子禁制《きんせい》というわけでもないのに男子部員しかいない、という共学高校では珍しい不気味な同好会と化した。

日炉理坂《ひろりざか》高校の部活運営規則では、同じ趣旨のクラブは二つ以上存在出来ない。

二つ以上ある場合、両者ともに同好会扱《あつか》いとなる。

どちらかが消えるまで。

こうして、長き歴史を誇る《ミステリーサークル》は二つの同好会に分裂するという結末で幕を下ろし、同時に《ミステリー同好会》と《みすてりぃサークル》、二つの同好会の、長きにわたる確執《かくしつ》が始まる事になる。

しかしそれはまぎれもなく、《みすてりぃサークル》黄金時代の幕開けでもあった。

なんつって。

閑話《かんわ》休題《きゆうだい》。

2

「毒は、出なかったって」

コウを見るなり、冬月日奈《ふゆつきひな》は言った。次いで、

「雨だし、もう来ないかと」

「いやあ、雨も止《や》んだし」

コウはみークルの部室を見渡した。日奈以外、誰《だれ》もいない。好都合《こうつごう》だ。

日奈は私服で、広い部室の真ん中に置かれた会議用テーブルの上にうつ伏せに寝転がり、難しそうな本を読んでいた。

私立日炉理坂《ひろりざか》高校は週休二日、土日は休みだが、土曜日は部活動用に学校を開放している。

日炉理坂《ひろりざか》高校は生徒の自主的な活動を奨励《しょうれい》しているのだ。という。

「そっか、毒じゃなかったのか」

「まあ、一昨日《おととい》だし、まだ全部の検査が終わった訳じゃないみたいだけど、多分《たぶん》薬物は検出されないだろうって」

二人が話しているのは一昨日の事件の事である。あの時《ザ・ブルマ》が突然苦しみ出したのは、前もって毒か何かを飲まされていたんじゃないか、とコウは思っていたのである。飲ませたのは勿論《もちろん》、保健医。そうして、苦しみ出した《ザ・ブルマ》を診察するふりをして近づき、殺害。これがあの事件に対するコウの推理だったが、日奈《ひな》は否定的だった。

そして結局、日奈のほうが正しかったらしい。

「薬じゃなければ、どうやったんだろう」

日奈は黙って肩をすくめる。

いったいあの頭の中で、どんな推理をしているのだろうか。コウはちょっと意地悪な気分になった。しかしまあ今回は、どんな推理も外れちゃうんだよね。何しろ、魔法のカメラ、なんつーものが絡《から》んでいるのだ、いくら日奈でも、そこまでは思いつかないだろう、はっはっはと、なんか勝った気分になる。

「まあいいや、実はさ、聞いて欲しい仮説があるんだけど。仮説っつーか仮定だけど」

「いーよ。何？」

日奈はコウの顔を見た。日奈の、とても、とっても綺麗《きれい》な意志の強い瞳《ひとみ》に覗《のぞ》き込まれると、コウはいつも何が何だか訳《わけ》も分からず走り回りたくなる。

日奈はショートカット、眉毛《まゆげ》の濃いアジアン美人だ。そう、眉毛の濃い彼女は、小さい頃《ころ》からゲジゲジ眉毛と呼ばれからかわれていたらしい。女の子は多感だ、彼女は泣いたかもしれない。それでも、日奈は自分の眉を剃《そ》り落としたりはしなかった。剃り落とし、なかった事にし、ペンで書いたりはしなかった。日奈はあくまでそれを自分の一部として受け入れ、何と言われようとこれはあたしの眉毛だと、胸を張って生きて来たのだ。そして眉毛達もそんな日奈の思いに応えたのだろう、十六年たち、襟足《えりあし》が明らかに男と違う年頃《ごろ》になった今、日奈は、誰《だれ》が見てもそう言うだろう眉毛美人になっていた。意志の強さは瞳に表れ、眉がそれを強調している。

彼女に見つめられた人間は、最低三日はその瞳の輝きを忘れられないだろう。

勿論コウは彼女と付き合っているこの八カ月、片時もその瞳を忘れた事はない。

「……何よ」

「……いや、それで、仮定の話なんだけど」

「その前に、あたしも一つ聞いていいかな」

「何よ」

日奈は微笑《ほほえ》んだ。

「その子、誰《だれ》？」

「……その子って、誰？」

「あたしあたし！　多分あたしの事です！」

斜め後ろ上空をふよふよと浮遊していた少女が、つんつんとコウをつっつく。

「ちょっと失礼」

少女を連れて部室を出る。

「おい」

「はい」

「……お前、見えてるじゃないか、日奈《ひな》に」

「はい？」

「なんで、見えて、いるんだよっ！」

「なんでって、言われても……」

キョトン、とした顔。

「目があるから、でしょうか」

「……お前って、まさか誰にでも見えるのか？」

「はあ、多分。目の見える人なら」

コウの顔から血の気が引いた。

「でも、でも普通……悪魔《あくま》だろ？　こういう場合、その、俺にしか見えない、とか、そういう設定じゃないのか？」

「そんなの、ただの幻覚《げんかく》じゃないですか」

少女はころころ笑った。

「あたしはほんとに存在してるんですから」

「……じゃあ、じゃあお前、その、倫理《りんり》的にやばげな格好で、俺の後ろをふよふよ飛んでいて、それは全部、ここに来るまで、街中、学校内、ずっと……」

うわぁ。

コウは目の前が真っ暗になった。

「やばげ、ですか？」少女は自分を見、

「……いろいろ機能的なんですが」

いつの間にかドアが開いていて、日奈がこちらを見ている。

「……一体、何の話をしてるのかな。混ざりたいな、あたしも」

にっこり、笑顔。

「なんだか、すごくどきどきしてきたわ。うん、あたし、ほんとにどきどきしてきた」

よかったね。

コウは、力なく微笑《ほほえ》んだ。ははは。

3

少女の話を聞き、飛んでるところを見、翼《つばさ》に触ってもそれほど驚かなかった日奈《ひな》だったが、《ピンホールショット》のサンプルに触れた時はさすがに驚いていた。それはそうだろう、悪《あく》魔《ま》やら翼《つばさ》やらはそこはそれ現代っ子ゲームっ子、それなりに受容できるが、音と映像が頭の中にあふれ出すあのテレパシー体験は、まさに想像の埒外《らちがい》にあるのだから。

しばらくして、あっと言って手を放す。

予想していたのですぐに手を伸ばし、カメラをキャッチする。

少しぼーっとしていたが、すぐ立ち直り、日奈は少女に話しかけた。

「……所有者が誰《だれ》か、分からなかったけど」

「はい。所有者が契約者ですから、分からないようプロテクトがかかっているんです。あくまでも知恵比《くら》べ、ですから、自分の知恵で見つけるように、と」

少女が答える。少女は今、日炉理坂《ひろりざか》高校規定の赤と緑のジャージを着ている。羽根のない少女の姿は、当たり前だが人間だ。

日奈は背凭《せもた》れを前に、椅子《いす》に座り直した。

「……今の所有者に代わってから、十三回使われた……か。ただ使う分には、魂《たましい》は取られないの？」

「はい。おそらく契約者は、望みを叶《かな》える前に、その、動物で、練習でもしたんでしょうか」

連続ペット惨殺《ざんさつ》事件。

「……分かんないぜ。犯人の望みは十二匹のペットと人間を一人、殺す事だったかもしれないじゃん」

「あるいは、ただ殺してみただけかもしれませんね」と少女、じとっとコウを睨《にら》み、「人間って、理由もなく殺せますから」

俺一人が人間ってわけじゃないんだけどなぁ、と一人ごちるコウ。

うつむき、日奈は耳たぶを弄《いじ》った。

「……でも、今のところ、殺されたペットは六件だけ。残りは……」

「見つかってないだけだろう。ペットじゃなくて、野良《のら》かも」

「そうかもしれないけど。……あのさ」

少女を見、尋《たず》ねる。

「所有者の定義って、何？」

「その《知恵の実》で、自分の望みを叶えた人間です。望みを叶えるまでは契約は完了しませんから、所有者とは認められません」

「じゃあ例えば、《知恵の実》？　を手に入れた人間が、六回使って、でも望みを叶えられず手放しちゃったら、その六回分はどうなるの？　カウントされないの？」

「いえ、《知恵の実》は運命によって運ばれます。その《知恵の実》を手に入れたのに望みを叶《かな》えられなかったという事は、所有者になる運命になかった、単なる橋渡しにしか過ぎなかったという事です。その場合、その人が使った六回は次の所有者が使用した分としてカウントされます。つまり所有者が望みを叶えるために、他人の手を使って使用したという事になるんです」

成程《なるほど》、とコウ、

「……この場合、使われた十三回のうち犯人が実際に使用したのは七回だけで、残りの六回は前の持ち主が使った分かもしれないって事か。……でも、それがなんなんだ？」

最後のほうは、日奈《ひな》に向かって、

「それって、大事な事なのか？　あんまり関係ないような気がするけど」

「大事だよ。あたしの推理が確かなら、ね。犯人が、本当は何回使ったのか……」

耳たぶを掴《つか》む。くにくにと揉《も》む。日奈が思考する時の癖《くせ》だ。

「あるいは……」

「あるいは？」

日奈は少女に向き直った。耳たぶをもにもにしながら、

「もう一つ、聞きたいんだけど……その、契約って、無意識下《か》でされるんでしょう？　それ

って、契約した本人は悪魔《あくま》が現れるまで、自分が魂《たましい》を取られるなんて考えもしないって事だよね」

「はい。時々、妙《みょう》に勘《かん》が鋭い人とか、あと文献《ぶんけん》やらでそういうことを前以《まえもっ》て知っている人もいますけど、基本的には、そうです」

「……おいおい、それって結構《けっこう》ズルくないか？　ズルいとか卑怯《ひきょう》とかフェアじゃないってさんざ騒いでたけど、よく考えりゃ、そっちのほうがずっとアンフェアなんじゃ……」

口を挟《はさ》んだコウに、

「そんなこと、ありませんっ！」

少女は顔を真っ赤にし、声を上げ、むきになって反論した。

「それは、人間があまりにずるいから仕方なく、そういう形を採《と》っているだけです！」

ほんとなんです、と、日奈にひしっと詰め寄り、上目使《うわめづか》いに見上げてくる。

「昔はちゃんと契約書作って、その場で望みを叶えていたそうです。それも、魂一つに三つの願い、三つもですよ？　それなのに、ちゃんと契約書に魂と引き換えって明記してあるのに、人間は、やれ願いを四つにしろだの五つにしろだの百個叶えろだの、魂を増やせとか契約を無効にしろとか妙なトンチを効かせて得意になって、無理だと言うと何だお前何でも望み叶えるっつったろーがとか契約しただろーがとか、そちらの方こそハナから契約守る気ないくせに、望みを叶えておきながら魂も渡すまい、なんて姑息《こそく》な事考えて、滅茶苦茶《めちゃくちゃ》言ってごねるんです！

だから仕方なくアイテムをばらまいて、使いたければ使え、但《ただ》しそれで願いが叶《かな》ったら使用料として魂《たましい》をいただくぞ、という、今のやり方に変更したんです、せざるを得なかったんです。それでも少し譲歩《じょうほ》して、こんな知恵比《くら》べモドキをしてあげているんですから、感謝してもらいたいぐらいなんです。ね、ね？　いったい、どちらが卑怯《ひきょう》だと思います？」

目をウルウルさせて必死に主張する少女の姿があまりに可愛《かわい》らしくて、日奈《ひな》は少女の頭を撫《な》で撫《な》でした。コウを見て、

「君が悪い」

だから俺は、人間代表じゃないっつーの。

「……とにかく、契約は無意識下《か》で行われ、あたしたち悪魔《あくま》が現れるまで本人が思い出す事はありません。思い出しても認めなかったりして、基本的にはそこから知恵比べが始まるんですが、今回は……」

初《はつ》仕事なのにぃ、とコウを見て、何か言いたげに首を振る。まだ俺を犯人と疑ってんのかとコウは目をウルウルさせて日奈を見たが、露骨《ろこつ》に顔をしかめられただけで撫で撫でして貰《もら》えなかった。

一頻《ひとしき》り声を張り上げ、少女は満足したようだった。ふーっと息を吐き、

「……他に、聞きたい事ありますか？」

「……これは個人的な興味で、事件とは何も関係ないんだけど」

「何です？　遠慮《えんりよ》しないで聞いて下さい」

「……例えば、ベルゼバブとかメフィストフェレスとか、そんな悪魔も実在するの？」

ベルゼバブというのはハエの姿をした悪魔、だった気がする。その手のＲＰＧでは高レベルのモンスターだから、それなりに偉い悪魔なのだろう、と推測する。メフィストフェレスは、確か戯曲《ぎきよく》《ファウスト》に登場する悪魔のはずだ。読んだことはないけれど。しかしそんなの……。

「勿論《もちろん》です！」

するのか、実在。

「日奈さん、よくご存じですね。実は、そのベルゼバブ様があたしの直属の上司《じようし》、造《つく》り主《ぬし》なんです。とっても面倒見《めんどうみ》のいい方ですよ」

そうだ、と手を叩《たた》く。

「協力していただく、そのお礼と言ってはなんですが、よければ紹介しましょう」

「……ベルゼバブって凄《すご》い悪魔だと思うんだけど、そんな簡単に紹介できるの？」

「はい！　人間の協力者は貴重ですから」

「協力者……」

日奈は笑ってるような、それとも口の中でさくらんぼの柄《え》でも結んでる？　みたいな、もごもごした表情を見せた。

「まぁ、考えとく」

「他に質問は？」

「ん、今んとこ、それだけかな。聞くべき事は全部聞いたと思う。後は」

裏付けを取るだけね、と、のびをする。

「裏付けって、お前」

「お腹が空《す》いたんですね」

「ウラヅケはツケモノじゃねぇ。日奈《ひな》、お前」

まさか、そんな。いや勿論《もちろん》、日奈ならこの謎《なぞ》も解《と》けるかもと思ったから、わざわざ学校まで出て来たわけだけど、しかしまだ話をしただけなのに、いくつか質問しただけで、そんな簡単に……。

コウの複雑な胸中を知ってか知らずか、

「うん。細かいところは分からないけど」

あくびして、目をこすり、日奈は、

「分かったよ。犯人」

あっさりと言ってのけたのだった。

4

「誰《だれ》だ？」

「誰です？」

異口同意《いくどうい》のその問いに、答えは返って来なかった。日奈の口は開かない。代わりに
「コウ、いるか？」

ドアが開いた。

「おお、いたな。良かった」

現れたのは小鳥遊《たかなし》恕宇《じじょう》、コウと同じくみークルの一年生である。ジョウという男性っぽい名とそれとは裏腹《うらはら》な美貌《びぼう》を持つ長身の少女は、ぐるりと部室内を見渡し、コウをほとんど睨《にら》みつけた。

「で、どこにいるんだ？」

「……何がいるんだ？」

「とぼけるな、もう噂《うわさ》になってるぞ。お前、少女を半裸《はんら》にして学校中引っぱり回していたそうじゃないか」

コウは肩を落とした。

「で、どこにいるんだ？　その子は」

「……誰《だれ》の事だかさっぱりだ」

「あたしあたし！　多分あたしの事です！」

少女が、テーブルの下からコウの足をぴいぴい引っ張る。ドアが開くと同時に、コウがそこに押し込んで隠したのだ。

少女を見つけ、赤と緑の日炉理坂《ひろりざか》ジャージを確認すると、小鳥遊《たかなし》はため息をついた。

「遅かりし、か」

「……あの、すいません、ごめんなさい」

理由は分からぬまでも自分が小鳥遊を落胆《らくたん》させた事を感じ取り、謝る少女。そんな少女の頭を撫《な》で、小鳥遊は微笑《ほほえ》んだ。

「いいんだ。君は何も悪くない。悪いのは」

コウを指さす。

「こいつだ」

コウは夕日に向かって叫びたくなった。

「しかし幼い。中学生ならともかく、小学生だと問題だぞ？」

手提《てさ》げ鞄《かばん》を机上《きじょう》に放り、日奈《ひな》の側《そば》へ行き、

「おはよう日奈。今日《きょう》も可愛《かわい》いな」

頬《ほお》に口づける。おそようと答えただけで日奈は嫌がらない。頬とは言えぎりぎり唇《くちびる》の側で、いつもながらコウは羨望《せんぼう》を覚え、性《せい》転換を考えた。いや、いつか男に生まれて良かったと思う日が来るはずだ、来るだろう、来るかな、来るといいなぁと思ってはいるのだが、今のところまだそういう機会は来ていない。

「何だよ小鳥遊。土曜に学校に来るなんて」

「暇がとれてな。用事もあったし」

小鳥遊は日奈の隣に腰掛け、髪止《かみど》めを外し髪を解《と》いた。首を振る。計画性なく伸ばした髪が、ぶわっと広がって落ちる。小鳥遊は身繕《みづくろ》いに頓着《とんちゃく》しない。化粧もせず、髪も自分で切っている。それでも元がいいせいか、眼鏡《めがね》をかけたその様はアウトロウな女性科学者、といった理知的な風情があり、校内外にファンが多い。

ちなみに眼鏡は伊達《だて》である。

もっとも、装う為《ため》のものではない。

この眼鏡は、彼女の強力な視線《オプティカルブラスト》を制御する為のものなのだ。

コウはかつて、眼鏡を外した小鳥遊に睨《にら》まれた事がある。それは中学の卒業式、日奈に告白した日の事で、ＯＫを貰《もら》った直後、小鳥遊に呼び出されたのだった。

「おのれっ」

それだけ言って睨《にら》んで来る小鳥遊の瞳《ひとみ》は、明らかに超自然的な何かを発していた。日奈の持つ意志の瞳《ひとみ》とは全く異質な小鳥遊《たかなし》の瞳に、コウは蛇《へび》に睨《にら》まれた蛙《かえる》を体感した。視線で人を石にするというメドゥーサやらゴーゴンやらいう怪物の存在を信じ、南方熊楠《みなかたくまぐす》先生の著した魔眼《まがん》の存在を信じた。一説に、魔眼に睨まれたら女性器を見せれば助かるという、コウは自分が女性でない事を呪《のろ》った。もしも女だったら、こんな目に遭《あ》わなかっただろうに。

ちなみに小鳥遊は同性を愛する女性であり、それは周囲も知るところである。

高校入学式、成績トップで入学し新入生代表となった小鳥遊は、全校生徒の前で自分が同性愛者である事をカミングアウト、というか宣伝し、次いで、自分はハーレムのような学校生活を送りたい、送るつもりだ、絶対送ると宣言した。日炉理坂《ひろりざか》の生徒はハーレムが大好きだったらしく、この挨拶《あいさつ》？ は万雷《ばんらい》の拍手で受け入れられ、小鳥遊恕宇《じょう》は生ける伝説となったのである。

そんな人格が《部長》の目に止まり、というかむしろ日奈《ひな》の後を追って《みすてりぃサークル》に入部した小鳥遊を、最初のうちは日奈を奪う気ではないかと警戒《けいかい》していたコウだったが、明らかにそれを隠さない小鳥遊の行動の堂々さに逆に感銘《かんめい》を受け、今では、言わば親友のようなものになっている。

言わないけれど。絶対。

一頻《ひとしき》り髪を梳《くしけず》ると再び無造作《むぞうさ》に束ね止め、小鳥遊は鞄《かばん》から書類を二束《ふたたば》取り出した。

「舞原《まいばる》妹《いもうと》から頼まれものだ」

「ああ、ありがと」

その中身は見なくても分かる。おそらく、警察の経過報告。

この不可解《ふかかい》な事件に興味を持った日奈が、舞原に頼んで取り寄せて貰《もら》ったのだろう。日奈は過去にも一度、こうして事件を解決している。舞原家の持つパイプを使ったこの行為は、それ自体が勿論《もちろん》犯罪である。しかし、それが表沙汰《おもてざた》になる事はない。日炉理坂において、舞原家の権力は絶対的なものなのだから。舞原家の人間は例え殺人を犯しても無罪になる、という噂《うわさ》もあながち嘘《うそ》ではないだろうとコウは思っている。

コウは小鳥遊に尋《たず》ねた。

「何か、新しい情報でもあるのか？」

「ああ、いくつか裏が取れた。あのアホ、本当に生徒に手を出していたらしい。真嶋綾《まじまあや》という、バレー部の二年生だ」

「……マジかよ、あいつ。信じらんない」

如何《いか》にも熱血教師な仮面の裏で、そんな事していたのか、コウは頭を振った。そういう噂もあるにはあったが、若い教師によくある類《たぐ》いの流言飛語《りゅうげんひご》だと思っていたのである。

ま、ブルマの素晴らしさを力説していた男だし、別に不思議でもないか。

「それだけじゃない。あいつ、保健室教諭《きょうゆ》の高久《たかく》直子《なおこ》とも関係があったらしい。ま、こちらは未成年じゃないから犯罪じゃないが」

コウは驚嘆《きようたん》した。長嘆《ちようたん》した。感嘆《かんたん》した。

「……いるんだなぁ、世の中には、そーゆー奴《やつ》」

「……見ろ日奈《ひな》、この男は羨望《せんぼう》している。こんな奴とは一日も早く別れるべきだ」

「……んで、どーして真嶋《まじま》と高久《たかく》が脅《おど》されてるって分かったんだ?」

「二人との性行為を写した写真が見つかった。それで二人を脅していたのか……ちなみに《ザ・ブルマ》は写真を撮るのが趣味だったらしく、盗撮《とうさつ》も含めてかなりの数の女生徒を写した写真が見つかっているが、その手の写真があったのは真嶋と高久だけだった」

「その写真、手に入るか?」

「死にさらせ」

「警察は、そこに動機を見てるんだ」

書類を眺《なが》めつつ、日奈。小鳥遊《たかなし》は頷《うなず》いた。

「そうだな。怨恨《えんこん》、嫉妬《しつと》、その辺りを動機に、警察は高久を疑っている。ま、状況的に、高久以外に考えられないしな。もっとも、その状況が問題でもある。明らかに計画的な殺人なのに、何故《なぜ》、わざわざ自分が疑われるような状況に身を置いているのか。余程《よほど》凶器が見つからない事に自信を持っているのか……」

魔法のカメラ。

「……あの状況で心臓に針を刺すなんて、本当にできるのか?」

「彼女は医学士だ。心臓の位置も肋骨《ろっこつ》の位置も知っている。聴診器《ちょうしんき》を、こう」

小鳥遊は消しゴムを聴診器に見立て、手のひらで被《かぶ》せ持ち、ペンを直角に当てた。

「こうして押し込めば充分《じゅうぶん》刺せる。パニック下《か》なら、堂々と振る舞えば、他人には聴診器を当てているようにしか見えないだろう。……だが抜くには、指の力だけでは不可能、何か仕掛けが必要だ。……ま、釣り糸程度《ていど》で充分《じゅうぶん》かもしれないが。警察が探してるのは、そーいう仕掛けのある針と聴診器だろうな」

小鳥遊は少女を手招きし、自分の膝《ひざ》に乗せた。うなじに顔を埋め、柔らかい髪《かみ》の感触を楽しんでいる。ちなみに小鳥遊は日炉理坂高《ひろりざか》の制服を着ていたが、これは黄緑《きみどり》と紫《むらさき》が基調という物凄《すさ》まじい代物《しろもの》で、一説に、日炉理坂高に変な生徒が多いのはこの恐ろしい配色《はいしょく》センスが原因ではないかと言われているが、なるほど、目の前で黄緑と紫と赤と緑が乱舞する様は、確かに精神にクるものがある。

「……それで殺したとしても、じゃあその前の《ザ・ブルマ》が突然苦しみ出したのは何なんだ？　あれがあったから、保健医は《ザ・ブルマ》に近づけたんだぞ？」

うーん、と考え込む小鳥遊。

「そうだな……狂言《きょうげん》というのはどうだ？」

「狂言……？」

「高久と共謀《きょうぼう》してたとか。何か目的があったのだろう、苦しむ振りをするよう言われ、《ザ・

ブルマ》は殺されるとも知らず、わざと苦しんで見せた。そして裏切られ」

「その可能性はないわね。あの苦しみ方は、演技じゃ出来ないよ」

「……それじゃあ陳腐《ちんぷ》だが、催眠術《さいみんじゅつ》というのはどうだ？　後催眠《ごさいみん》って奴《やつ》だ。あるキーワードを聞くと胸が苦しくなる、そんな暗示を前以《まえもっ》てかけておいて」

「それもどうかな。確か催眠術っていうのは、被術者《ひじゅつしゃ》を気持ちよくさせる事で成り立つものだから、真似《まね》をさせるならともかく、苦しめたり自殺させたりはできないって聞いたけど」

「……そうなのか？　だが、マイナスプラシーボというのは」

「それは催眠術とは別物」

そうなのか？　それにしたって、要は術者の腕《うで》次第だと思うけどなあ、と呟《つぶや》き、小鳥遊《たかなし》はコウを見た。

「お前はどう、考えているんだ？」

「……俺？」

正直、コウは何も考えてない。

犯人は日奈《ひな》が知ってる訳だし。

ただ、今の一連の会話に、何か違和感を感じていた。引っ掛かった。

しかし、それが何かは分からない。

「……さぁ、分からないなぁ」

呆《あき》れたように首を振ると、小鳥遊は少女のうなじに戻った。

「ま、警察は、それを知る必要を感じていないんじゃないか？　凶器《きょうき》で犯人を逮捕《たいほ》して、後は自白《じはく》させよう、そんなとこだろう。一応、関連があると見てペット殺しの方も捜査し直しているようだがな。何にしても、凶器が見つかればそれで終わる。単純な事件だ」

ところが、そうじゃないんだな。

心の中で呟《つぶや》く。何しろ凶器は、魔法のカメラなのだから。この事件は、社会的には解決する事はない。犯人は見つかる事なく。

事件は迷宮《めいきゅう》入りとなる。

殺人という事実だけを残して。

あん、と少女が可愛《かわい》い声を上げた。

「小鳥遊さん、くすぐったいです」

「私の事は……失礼、自己紹介がまだだな。私は小鳥遊恕宇《じょう》、ジョウでいい。君は？」

「悪魔《あくま》です」

「何でやねん！」

事もなげに答える少女の頭に、コウは思いっ切りツッコんだ。

「……イタいじゃないですか。何するんです？」

「こらコウ、その子が悪魔《あくま》なのは、その子のせいじゃないでしょう？」

日奈《ひな》の言葉に呆然《ぼうぜん》となる。まさか、ばらす気なのか？　そりゃ秘密にしろとは言ってないし、言われてもいないが、何つーか常識的に、こーゆー事は隠しておくべきではなかろーか。

コウの表情を面白そうに眺《なが》め、日奈は悪戯《いたずら》っぽく少女の頬《ほお》をつついた。

「でも悪魔だからって、羽根《はね》出して飛んだりしちゃ駄目《だめ》だよ。秘密にしなきゃ」

「分かりました」

素直に頷《うなず》く少女。

小鳥遊《たかなし》は困惑《こんわく》気味に日奈を見、少女を見、コウを見た。

「……本当に、悪魔？　悪に、魔の？」

仕方なく頷く。

そうか、と小鳥遊は少女を抱き締めた。

「……実に個性的な名だ。《部長》が喜びそうだな。そう言えば前、自分の子供に悪魔と名付けた親の話を新聞で見たような。いや、とにかく、そうだな、子供にわざと不吉《ふきつ》な名をつけて無病息災《むびょうそくさい》を祈る風習は世界的なもので、今でも行われているし……済まない」

少女に頭を下げる。

「忘れてくれ。動転しているようだ。とにかく、面白がる気も同情する気もないんだ」

「考え過ぎよ、ジョウ。この子はそんなの気にしないって」

日奈は笑い、コウを見た。

「コウ、君もね」

「……」

小鳥遊は完全に、悪魔を名前だと思っているらしい。そりゃそうだ、いきなり本物の悪魔だなんて思うはずがない。名前と思うのもどうかと思うが。

「……ところで」あらためて少女を抱き直し、小鳥遊、「君は、何故《なぜ》ここに？」

「あーっ！　そうです、忘れてました！」

少女は日奈に向き直った。

「それで、犯人は誰《だれ》です？　それに、ウラヅケって何なんです？」

「……それじゃあ、小鳥遊にも参加してもらおうか」

まさか、と止める間もなく、日奈は魔法のカメラについて説明を始めた。

5

こんなポロライドカメラがあると仮定して、と前置きし、日奈は小鳥遊に《ピンホールショット》について説明した。

1. 大きさは人の頭大《あたまだい》
2. 写真は顔を含む半身が必要
3. 写真を傷つけると心臓に穴が開く
4. 有効時間は九分間
5. 相手が服装を変えると無効

「当然ながら、世間はこんなカメラがある事を知らない。後、カメラの使用法は手に取ると自然に分かる、という事にしとこう」

「そんなカメラが存在すると仮定して、事件の犯人を推理するのか。思考ゲームだな」

日奈《ひな》は時々こういった問題を考えては、コウと小鳥遊《たかなし》に解《と》かせていた。ミステリーに興味を持たせる為《ため》だろう。コウも小鳥遊も喜んで参加した。日奈が喜んでくれるから。

今回もそうしたゲームだと思ったらしい。

「舞台は現実の事件そのまま。但《ただ》し、体育館の外に人はいなかったとする。そして、体育館の中にカメラを持った人間はいなかった」

それは少女が確認済《ず》みだ。

「ふむ……」

小鳥遊はポケットから日炉理坂《ひろりざか》限定発売・新鷹神社《あらたかじんじゃ》特製ハーブスティックを取り出し、咥《くわ》えた。考え事をする時、これを煙草《たばこ》のように咥えるのが小鳥遊のスタイルだ。

「先ず考えるべきは、本当にそれが使われたかどうか、だな」

ハーブを咥えたまま話しているので、多少舌足《したった》らずになっている。

「使われたに決まってるじゃねーか」

「そうです！」

「何故《なぜ》？　日奈は存在するとは仮定したが、使われたとは言っていないぞ」

日奈は特に否定するでもなく、婉然《えんぜん》と微笑《ほほえ》んでいる。

「……あの死に方だぜ？　使われたって考えるべきじゃねーか」

「そうです！」

「勿論《もちろん》、使われているだろうよ」

うんざりしたように、小鳥遊。ハーブをピコピコ動かし、やかましい、の意を表する。

「じゃなけりゃゲームにならない。だがな、何故そう考えるに至ったかが重要なんだ」

「……なんで？」

「お前なあ、……いいか、魔法のカメラの、一番の利点はなんだ？」

何だろう、考える。人を簡単に殺せる事？　いや違う、確かに確実に殺せるが、色々制約《せいやく》があったりして、状況にも拠《よ》るが決してナイフや拳銃《けんじゅう》や毒より勝っている訳ではない。

魔法のカメラの利点、それは当然、それが魔法という事だ。つまり……。

「そうか」コウは頷《うなず》き、少女を見た。

「魔法のカメラの利点は、それで殺しても分からないという事だ。例え目の前で殺しても、誰《だれ》も疑わない、疑えない。誰も、カメラで人を殺せるとは思わないからな」

「……それが、何か？」

「つまり、隠す必要がないんだ。もしもカメラが使われたなら、隠しているはずがない。隠さなければならない、全校集会のような状況で使うはずがないんだ」

魔法のカメラが使われたのを知り、探していたから、誰もカメラを持っていなかったのは犯人が隠して使ったからだと思い込んでしまった。しかし、犯人には隠す理由がない、隠しているはずがないのだ。

しかし現実に、犯行は全校集会の最中に行われており、カメラは隠されていた。

何故《なぜ》か？

「……犯人は生徒って事か？　見つかったら没収されるから、生徒には隠す必要がある」

「同じ事だろーが。折角《せっかく》の魔法のカメラだ、他にいくらでもチャンスはあるだろうに、何故《なぜ》全校集会なんだ？」

コウは押し黙った。

「でも、でもでもっ、絶対、絶対に使われているんです！」

泣きそうに食い下がる少女。小鳥遊《たかなし》はよしよしと少女の頭を撫《な》でた。

「ま、使われたと仮定しなければ始まらないしな。使われたとすると、それが意味する事は一つ。犯人には、わざわざ全校集会の最中に《ザ・ブルマ》を殺さなければならない理由があったんだ。それは何か？」

コウを見る。コウは肩を竦《すく》めた。

しばし、沈黙。小鳥遊の口元で、ハーブが不規則な動きを繰り返している。

少女が尋《たず》ねる。

「……あの、どうやって隠して持ち込んだかは分かりますか？」

小鳥遊にもたれたまま、精一杯《せいいっぱい》振り向いて見上げている様子《ようす》が可愛《かわい》らしい。小鳥遊は感極《かんきわ》まったかのようにむぎゅっと少女を抱き締めた。

「それなら簡単だ。あらかじめ、体育館のどこかにカメラをセットしておけばいい。シャッターを切る為《ため》のタイマー装置、あるいは遠隔《えんかく》装置が必要だが、そう難しい仕掛けではないだろうし、そういう仕掛けを作れる者なら撮った写真を傷つける装置も容易《たやす》く自作できるだろう。《ザ・ブルマ》は生活指導、必ず壇上《だんじょう》で話をする。マイク位置が変わる事はないし時間も大体《だいたい》特定できるから、カメラの設置は難しくない。……あるいはそれが、全校集会中に犯行を行った理由かもな」

「どういう事ですか」

「全校集会中に殺す為カメラを隠したのではなく、カメラを隠す為に全校集会を選んだ、という可能性もある」

「なんだそりゃ？」

「……うーむ」

首を振り、少女の髪《かみ》に指を泳がせ、視点《してん》は宙に泳がせる。

「……取《と》り敢《あ》えず、今あるピースを集めよう。《ザ・ブルマ》は全校集会中に死んだ。始まって一〇分以上経《た》っていたから、写真は体育館内で撮られている。つまり、カメラはどこかに設置されていた。即《すなわ》ち、これは計画的犯行。《ザ・ブルマ》に近寄ったのは高久《たかく》のみ。高久に冤《えん》罪《ざい》を着せる為《ため》？　いや、偶然に頼り過ぎている。《ザ・ブルマ》は高久と真嶋《まじま》という生徒と関係を持っていた。……待てよ」

書類を見る。つられてコウも覗《のぞ》き込む。

「どした？」

「これを見ろ。真嶋は、学校に来ていながら全校集会を欠席していた唯一《ゆいいつ》の生徒だ。しかも、ペットの猫が連続ペット殺しの……そうか、ペットの死因も《ザ・ブルマ》と同じ、つまりカメラに殺されたという事だ」

「……んで、どーつながる？」

「……他に何か、分かっている事は……」

「山崎《やまざき》のダイイングメッセージは？」

唐突《とうとつ》に日奈《ひな》が口を挟んだ。コウを見、

「ちゃんと考えなさい。怒るわよ」

慌《あわ》てて欠伸《あくび》を嚙《か》み殺す。犯人分《わ》かってるなら、とっとと教えてくれればいいのに、なんて不満を覚えつつ、でも考える。

「はいはい。えーと、……《ザ・ブルマ》のダイイングメッセージって、何だったっけ」

小鳥遊《たかなし》も疑問符《ふ》を浮かべ、日奈を見た。

「聞いてなかったの？　山崎は胸を押さえ、お、ま、そう言って苦しみ出したのよ」

確かに聞いた覚えがある。

「お、ま、……か」

「お、ま、と来たら、そうだな、おまわり、おまつり、おまもり、おまん」と、小鳥遊、少女と目が合い、「……じゅうとか、色々考えられるが、この場合はやはり、おまえ、だろうな」

「お前……つまり」

「《ザ・ブルマ》は誰《だれ》が自分を殺すのか知っていた、という事になる。殺される方法も」

……山崎は、知っていた？

小鳥遊が続ける。

「……《ザ・ブルマ》がカメラの能力を知っていたとすれば、その理由は二つ考えられる。《ザ・ブルマ》がカメラの持ち主だったか、カメラの持ち主が教えたか」

「偶然《ぐうぜん》知ったという事は？」

「あり得ないな。例えペットを殺す場面を偶然目撃《もくげき》したとしても、カメラの仕業とは分からない。教えて貰《もら》わない限り」

「誰《だれ》かに説明してるのを立ち聞きしたとか」

「いずれにしても、あの場にはカメラの力を知る人間が二人以上いた、という事になる。他人にカメラの力を教える、目的は何だ？」

「……そうだな、脅迫《きようはく》、力の誇示《こじ》、あるいは信頼を得る為《ため》とか。魅力的な秘密の保持。凄《すご》い力を持つ事による自我《じが》の充足。切り札を持つ心の余裕。超自然の力による信仰心の誘発。単純に、売って金にする……ええと」

少女が呆然《ぼうぜん》とコウを見た。

「……《ピンホールショット》で、そんなに望みが叶《かな》えられるんですか？」

「まだまだあるぞ。えーと例えば」

「もういい。とにかくこの場合、実用的なのはやはり脅迫だろう。《ザ・ブルマ》と高久《たかく》、そして真嶋《まじま》の関係は、同意の上のモノではなかったのかもしれない」

「《ザ・ブルマ》が脅《おど》していた訳か」

小鳥遊《たかなし》はハーブをぷるぷる震わせた。

「脅迫されるのが必ず女とは限らない。女が男を脅して何が悪い？」

「……どっちにしても犯罪だろーが」

「とにかく、高久が《ザ・ブルマ》を脅していた可能性もある。惨殺《ざんさつ》されたペット達は、脅迫の為の犠牲《ぎせい》にされたんだろう。ペットを殺して見せ、お前も殺すぞと脅した。そう考えると、ペットを殺されている真嶋は脅迫された側だろうな。真嶋は脅迫されていた、つまりカメラの力を知っていたという事だ」

「……それはどうかなぁ。もしも俺が誰《だれ》かを脅そうと思ったら、カメラは隠して力だけを見せつけるぜ。……そうか、そうだよ。その為にカメラを隠したってのはどうだ？」

「……いいか、何度もいうが、隠す必要はないんだ。例え目の前で使用しても、説明しなければカメラの力だとは分からない」

「……ですねぇ」

小鳥遊はうんざりしたように首を振り、口直《くちなお》しに少女に頬擦《ほおず》りし、……抱き上げ、向かい合う形で膝《ひざ》に乗せ直した。波立つ髪《かみ》をすきながら、少女の瞳《ひとみ》をのぞき込む。

「……光の加減《かげん》じゃない、本当に赤い瞳だ」

（血のように濡《ぬ》れた赤）

「こらこら、人の肉体的欠陥《けっかん》を」

「欠陥て……変ですか？」

「いや、黒い髪に映えて、実にいい。一度見たら忘れないな。やはり、勘違《かんちが》い……」

驚いたようにコウを見る。

「……何だよ」

「……いや、いい」

小鳥遊《たかなし》は笑い、少女に再び頬擦《ほおず》りした。そのまま固まって動かない。どうやら考えがまとまって来たらしい、口の先のハーブだけが、時折《ときおり》思い出したように跳ねている。

少女は手持ち無沙汰《ぶさた》な様子《ようす》で、でも邪魔《じゃま》しないようじっとしていた。

耳たぶを揉《も》んでみたが、効果は無かった。

何だろう、何か見落としてるような。

さっきも感じた、この違和感。

「もう一つ、考えるべき事があるな」

しばらくの沈黙の後、小鳥遊がおもむろに口を開いた。

「何故《なぜ》、カメラに様々な制約があるのか」

「もともと、そういうものなんですもの」

「ところがそうじゃないんだな」

簡単に否定され、少女は複雑な表情。

「これは思考ゲームだ。設定されている事象《じしょう》には必ず何かしらの意味がある」

「……というと？」

「制約があるという事は万能ではないという事だ。制約を知っている者なら、その力から身を守る事も可能だろう。例えばこのカメラの場合、極端な話、写真を撮られそうな所では着替え続けていればいい」

「……そんな事、現実に可能か？」

「これは思考ゲームだ。論理的に整合してさえいれば現実的かどうかは問題ではない」

「……サイデッカ」

「……それに服装を変えると言っても、例えば髪《かみ》にリボンを付けたり外したり、その程度でもいいんだろう？」

少女と日奈《ひな》が同時に頷《うなず》いた。

「写真を撮り、写真が出てくるまで待ち、然《しか》る後《のち》に傷つける。一瞬でできる作業ではない。充《じゅう》分《ぶん》防御できる、と思うが」

「……話を続けてくれ」

「そこでだ。コウ、もしもお前が殺そうとしている相手が、カメラの制約を知っていてそれに対する防御を講《こう》じていたらどうする？」

「そうだなあ。他の手段が使えないなら、消極的にはチャンスを待つ。積極的には、チャンスを作る。相手が油断するような……なるほど」

小鳥遊がどこに話を持っていくつもりか悟り、コウは腕を組んだ。

「そうか……」

「……何が、です？」と少女。

コウは少女を見た。

「《ザ・ブルマ》は、カメラの能力はおろか制約まで知っていたかもしれない、って事だ。何《な》故《ぜ》か？　勿論《もちろん》、脅迫《きょうはく》者が制約を教えるはずがないから、可能性は一つしかない。《ザ・ブルマ》はカメラに触っていた、つまり、カメラの持ち主――元《もと》持ち主だったという事になる」

持ち主が、変わっていたのだ。

日奈《ひな》が言っていた事と一致する。

小鳥遊《たかなし》が続ける。

「ここからは推論だが、恐らく《ザ・ブルマ》が最初のカメラの持ち主であり、それを使って真嶋《まじま》と高久《たかく》を脅迫していたんだ。だが、油断してカメラを盗まれてしまった。盗んだ方は、当然取り返されないうちに《ザ・ブルマ》を殺そうとするだろう。しかし《ザ・ブルマ》はカメラの制約を知っていて、常に防御と用心を怠《おこた》らない。そこで、《ザ・ブルマ》が油断するような状況を作る事にした」

「それが、全校集会ですね？」

目をキラキラさせて、少女。

「そうだ。全校集会にカメラを持ち込むのは変だし、持ち込んだら壇上《だんじょう》から見える。壇上では服装を変えるような奇妙な行動は難しいし、しかも相手がカメラを持ってない事を確認できる。

まず油断してしまうだろう。ところが犯人にとっては、全校集会は時間と場所を特定してカメラを設置でき、カメラを持たない自分の姿を見せて相手を油断させられる絶好の機会だ。そう、この犯行は全校集会の最中《さいちゅう》でなければならなかったのだ。そして。

真嶋は欠席していた。つまり、犯人は堂々と姿を見せていた、保健医、高久だ」

ビシッ、と言い切る。

「どうだ？」

日奈はぱちぱちと手を叩《たた》いた。

「うん。中々《なかなか》面白かった」

「有難《ありがと》う」

「四十点、てとこかな」

よんじゅってん？　と声が裏返る。

「えらく低いな。それとも五十点満点？」

「いい推理なんだけどね。致命的な欠陥が」

「……欠点？」

「その推理じゃ犯人を特定できない。ジョウは高久って決めつけてるけど、その推理なら高久じゃなくても真嶋でも、他の誰《だれ》かでも充分《じゅうぶん》成り立つじゃない」

「それは……」

「それにね、真嶋《まじま》が欠席しているのが痛い。目に見えるところに真嶋がいなかったら、いくら高久《たかく》がカメラを持っていなくても油断はしないんじゃない？　大体、学校に来ていながら全校集会を休んでいる段階でもう怪しい、外からこっそり盗み撮りされるかもしれない、そんな状況で、山崎《やまざき》が油断するかな？　盗んだのが高久だとしても、同じ被害者同士で手を組む可能性は当然考えられる。でしょ？」

ぎゃふん、と言って、小鳥遊《たかなし》は机に倒れ込んだ。少女をきゅうーっと抱き締め、嘆息《たんそく》、

「いいとこいったと思ったのだが」

「でもね、面白かった。あたし、考えつかなかったもの。さすがジョウ、すごい！」

「本当か？　何かバカにされてるような」

「ほんとほんと。ほら、ハグしてあげよう」

小鳥遊は少女を机に乗せ、日奈《ひな》に抱きついた。どさくさでコウも抱きついた。蹴《け》られた。急所を。転がり回って痛みを散らす。

きょとんとして、少女、

「ちょっと待って下さい。結局、犯人は誰《だれ》なんです？　高久って人ですか？」

日奈を見、小鳥遊を見る。屈《かが》んでいるコウには一瞥《いちべつ》もくれないところが分かってらっしゃる。

小鳥遊は頬《ほお》を掻《か》いた。

どーん

「……済まない。ちょっと分からない」

「分からない？」可愛《かわい》く首を傾《かし》げ、

「そ、そんな、分からないと困るんです！　もっと考えてみて下さい。大体、ウラヅケって何なんです？　どこで取れるんです？」

「……裏付け？」

「犯人、あの、この人じゃありませんか？　多分この人だと思うんです」

しゃがみ込んでるコウを指さし、指しただけでは飽き足らずたたたっと駆け寄ってくるとブレザーをくいくい引っ張った。

「やっぱり、犯人はあなたでしょう？　いい加減《かげん》白状してしまいなさい！」

小鳥遊《たかなし》はどーゆー事だと言わんばかりに日奈《ひな》を見たが、日奈は肩を竦《すく》めただけ。まるでそれで全《すべ》てを説明したかのように。だから小鳥遊も口に出して聞く事はしない。

腕を組み、少女を見る。

「……そうだな、どうしてもと言うのなら、一つ、没にしたネタがあるが……犯人の特定はできるが、エレガントな解答ではないぞ」

「はい！」

「犯人は真《ま》嶋《じま》綾《あや》で、カメラで写真を撮って、《ザ・ブルマ》を殺した」

「おいおい、真嶋は、全校集会を欠席してたんだろ？　どうやって写真を撮るんだよ。体育館の周りには、誰《だれ》もいなかったんだぞ？」

「体育館に入る前に隠し撮りしたんだ」

「無理だ。《ザ・ブルマ》が死んだのは全校集会が始まってから一〇分以上経《た》ってからだが、カメラの有効時間は九分間だぞ？」

「だから」少し恥ずかしそうに、

「まず写真を撮る。次に九分経《た》つ前に、今度は写真の写真を撮る。それを何度も繰り返せば、時間の制約はなくなったり、とか……」

　声が段々小さくなっていく。

「写真の写真？　そんなん……アリか？」

「最初に言ったろう、エレガントな解答ではないと。だが、この方法はあの場にいた人間には無理だから、少なくとも犯人の特定はできる。真嶋しかいないだろ？　何故《なぜ》体育館で殺したかは分からないし、《ザ・ブルマ》のダイイングメッセージとも関係なくなるが」

「そんな」

　そんな反則、と言いかけたコウの台詞《せりふ》を吹き飛ばし、少女が叫んだ。

「すごいです！」

「まさか、そんな使い方があるとは思いませんでした！　きっと犯人はその人です。ああ、人間って、なんてズル賢いんでしょう」

バカにされているのだろうかと少女を見たが、歓喜で輝くその顔には皮肉《ひにく》の影などかけらもなく、小鳥遊《たかなし》は照れた笑顔を作った。

「いや……大《たい》した推理じゃ無いし」

「そんな事はありません。本当に有難うございます、お陰で助かりました！」

本当？　と嬉《うれ》しそうに、

「……なら、お礼を貰《もら》ってもいいかな」

「え？　ええ、あの、でもあたし、何も」

まさか、と止める間もあらばこそ、

「！」

小鳥遊は鷹《たか》のように少女を捕らえ唇を奪った。文字通り、蹂躙《じゅうりん》していく。うわぁ、そのキスはちょっとしたR指定で、思わず目を逸《そ》らすコウ。

禁断《きんだん》の世界は一分弱《じゃく》続いた。

「――」

「……おーい、大丈夫？」

ようやく解放されても、固まったままの少女に、恐る恐る声をかけてみる。

が、返事はない。

肩を揺すぶってみる。

酸性に触れたリトマス紙のように急激に、少女の顔が赤く染まっていく。

「……もしもし？」

「――あっ、あの、その、それではあたし、早速真嶋綾《さっそくまじまあや》さんに会って参ります」

少女は真っ赤な顔でぴょんぴょんと日奈《ひな》、小鳥遊に会釈《えしゃく》、コウに深く頭を下げた。

「色々と、済みませんでした。日を改めて、必ずお詫《わ》びにうかがいます」

「あーいえそんな……」

次の瞬間には少女の姿は消えていた。開け放たれたドアが反動に揺れ、かつて少女が存在していた事を示しているのみ。

「風のようだ。可愛《かわい》いなぁ」満足気な小鳥遊。

「……お前なぁ、……もしかしてお前、小学生も守備範囲《はんい》？」

「当然だ」

改めて、小鳥遊恕宇《じょう》という人間にぞっとする。

小鳥遊はペロっと唇《くちびる》を舐《な》め、日奈を見た。

「……しかしあの子、真嶋に会って何をする気だ？　この問題、日奈が考えたものじゃないのか？　話がよく見えないのだが」

「クソくだらない推理で人心《じんしん》を惑わす人には教えてあげない」

「だからあれは、没にしたやつだって」

「……でも、そうか、カメラの設置か」

畜生《ちくしょう》、何故《なぜ》気がつかなかったんだろう、コウは自分の頭を叩《たた》いた。考えてみれば単純な話だ。持ち込めなければ、隠して設置しておけばいい。

「そう考えると、誰《だれ》にでも可能だよなぁ」

「思考ゲームなら、ね」と日奈《ひな》。

「……え」

「言ったろう。論理的に可能であれば、現実的に可能かどうかは問題ではないと」

「……どーゆー事で？」

「これが現実なら、体育館にカメラの設置などまず不可能だ。決まってるだろ？」

「……」

「そーゆー事」

日奈は頷《うなず》くと、カバンを取り、書類その他を仕舞《しま》い込んだ。

「それじゃ、そろそろ行こうか、コウ」

「え？　ああ」

「何だ？　何処《どこ》へ行くんだ？　私も」

「ブスイ言わないの。今日《きょう》はだーめ」

「……」

無言でコウを睨《にら》みつけてくるのが怖い。

「それよりあの子、真嶋《まじま》さんのいる所《ところ》知らないだろうし、多分すぐに戻ってくるだろうから、その時はよろしく」

「……そういう事なら、いいかな」

「もしもし日奈さん、それって」

じゃあ、と言うと、日奈はとっとと出て行った。コウも慌《あわ》てて後を追う。勿論《もちろん》、小鳥遊《たかなし》にVサインを見せるのは忘れなかった。

ドアが閉まりざま、小鳥遊の
「愛してるよう！」

絶叫が聞こえた。日奈は振り返らず、

「ありがとう！」

叫び返した。遠くの生徒がこちらを見ているのに気づき、コウはため息をついた。

何故《なぜ》だろう、後にコウは、このシーンを何度も思い返す事になる。

何度も。

何度も。

6

渡り廊下に設置してある端末からLANに入り、高久《たかく》が学校に来ているか確かめる。

「来てるわよ。保健室にいるみたい」

「偉いな。休んでるかと思った」

「じゃあまずは高久先生から。真嶋先輩《まじませんぱい》はその後ね」

その言葉から察するに、二人に会えば裏付けとやらは取れるらしい。本館と部室棟をつなぐ渡り廊下を日奈《ひな》に従い歩きながら、コウは遠くに見える体育館を眺《なが》めた。

現在は立入禁止、今も警察がたむろしている。

日奈は体育館を調べる必要を感じてない。

やはり、体育館にカメラを隠すのは不可能なのだろうか。しかしそうなると、犯人は一体、どうやって写真を撮ったのか？

「あのさ、小鳥遊《たかなし》が言ってた写真の重ね撮り、本当に不可能なのかな。もしかして」

「さぁ。あたしに聞いても分からないわよ、あの悪魔《あくま》に聞きなさい。……言っとくけど、出来たとしてもこの事件には関係ないわよ」

そうなのか？

コウはため息をついた。

「……なぁ、本当ンとこ、犯人は誰《だれ》？　高久か真嶋？　それとも他にいるんスか？」

「教えない」

「……何で？」

「君にも解《と》ける問題だからよ。だからサボってないで、ちゃんと推理して？」

「……意地悪ぅ」

日奈はため息、立ち止まった。振り返り、コウにぐいいと顔を近づける。

「……何？」

あうう、とあとずさるコウの両頬《りょうほお》に手を当て、その瞳《ひとみ》を覗《のぞ》き込み、

「君がね、謎《なぞ》を解くところがみたいの」呟《つぶや》くように囁《ささや》きかける。

「……へ？」

「あたしはね、君が好き。優しい君が好き。ひねくれてるとこが好き。危ういとこが好き。強くて、でも脆《もろ》かったりなとこが好き」

「俺って好かれてるんだなぁ」

「……そして君の、ナイトよりもピエロを演じたがるキャラも好き。でもね、時々でいい、かっこいい君が見たいの。折角《せっかく》ゲームじゃない本物の事件なんだから、この程度の事件、パッて解《と》いて、デキるトコロを見せてよ」

「……かっこいいか？　日奈《ひな》がとっくに解いた事件を、今更《いまさら》やっと解くのが」

「だってあたしは特別だもの」

澄まして宣《のたま》う日奈に苦笑しつつ、コウは単純、その気になった。何しろ好きと六回も言われたのだ、ここで起《た》たなきゃ男がスタるってなもんだ。

「ようし。そこまで言うならやってやる。この事件の謎を、見事に解いて見せよう。

……ヒントある？」

「なし」

コウは再度ため息をついた。

廊下を抜け、本館に入る。上から見ると『コ』の字の形をしている本館の一階、『コ』の内側、校庭に面した側に保健室はある。そしてそこに高久《たかく》がいる。

よく考えれば、小鳥遊《たかなし》が来るまで日奈は真嶋《まじま》の事を知らなかったのだ。どちらかが犯人だとすれば、犯人は高久以外にあり得ない、はずだが……？

しかし高久が犯人なら、せっかく魔法のカメラを持っていながら、なぜわざわざ疑われているのか？　だいたい、どうやってカメラを使ったのか？

それとも日奈は、真嶋の事まで知っていたのか？

「……分かんねぇなぁ」

思わず洩《も》れ出た声に、

「……犯人が分かったら、どうするの？」

唐突《とうとつ》に、日奈が尋《たず》ねた。ずんずんと歩を止めず、前を向いたままで。

「どうするって、あいつに教えて」

「……あの子に犯人を教えるという事は、人間の魂《たましい》を悪魔《あくま》に渡すって事なのよ？」

「分かってる。けど、それが何スか？」

即答する。それについては、既に倫理《りんり》観《かん》と相談済《ず》みだった。

「何って……」

「自業自得《じごうじとく》じゃねーか。悪魔の力なんて借りる方が悪い。いいか、日奈、この犯人は法律では裁けない。悪魔の力で犯行を犯した以上、悪魔に引き渡すのが筋ってもんじゃねーか。俺なら喜んで、熨斗《のし》つけて引き渡すね」

迷宮《めいきゅう》入りになんてさせない。

絶対に。

「……勿論《もちろん》、日奈には日奈の考えがあるだろうし、巻き込んじゃったのは悪かったと思ってる。犯人さえ教えてくれれば、後は」

「妹さんの事、聞いた？」

「……え？」

妹？

一瞬、何の事だか分からなかった。

「……何だよいきなり。聞いてないよー。でも、ま、そうだな、聞いてみようか。悪魔《あくま》だし、何か分かるかしんないもんな」

「その代償に、魂《たましい》を差し出して」

「……いや別に、そこまでして知りたいって程の事でも。なんだよ、突然」

「あたしが死んだら、どうする？」

「なんですって？」

思わず声が裏返った。

「あたしが死んじゃった時、生き返らせたいって、願わずにいられる？　悪魔に、望まずにいられる？」

コウは、……答えなかった。

「あの子、可愛《かわい》いわよね。純粋で、子供っぽくて、保護欲《よく》をかき立てられる。……守りたいって、助けたいって思ってしまう。あの子があんなじゃなかったら、ごっつい大男だったら、助けようとは思わなかったんじゃない？」

「……まぁ」

「意外でも何でもない、あれこそまさしく悪魔の姿。悪を悪と思わせない者、誘惑《ゆうわく》する蛇《へび》、それが悪魔の本質なのよ。……あたし達は、誘惑されてしまった」

を止めた。

「そんな大袈裟《おおげさ》な」

日奈《ひな》は今、どんな顔をしているのだろう、見たいような見たくないような。コウは思わず足

日奈も立ち止まった。

けれど振り返らなかった。

顔の見えない声だけが、日奈の心を伝えてくる。

「どれほど強く願っても、生命を賭《か》けて望んでも、変えられない現実がある。人の死、すれ違う想い、叶《かな》わない夢。どんなに頑張っても人間は空を飛べず、時間は止まらず、死者は生き返らない。それが現実であり、そう決めたのが神であるなら、それを覆《くつがえ》すものこそ悪魔の力。分からない？　あたし達は知ってしまった。変えられないはずの現実を、変えられる力の存在を。……君は、誘惑《ゆうわく》に勝てる？　願わずにいられる？

もう一度聞くわ。君はあたしが死んだ時、生き返らせたいって、望まずにいられる？」

コウは、……答えられなかった。

「長い人生、多分色《いろ》んな事がある。多分辛いことが多くて、叶わない事が多すぎて……でもそれは、自分の力で乗り越えなければならない事なのよ。でもあたし達は、悪魔の存在を知ってしまった。いつかきっと、誘惑される時が来る。悪魔を認めるっていうのはね、……そういう事。今日、変わったのよ。あたし達の人生は。……多分、決定的に……」

日奈《ひな》の声が、あたかも弔事《ちょうじ》を告げる鐘《かね》の音のように無人の廊下を響《ひび》いていく。

静寂《せいじゃく》が、際立つ。

正直、そんな事考えもしなかった。犯人を悪魔《あくま》に引き渡す、それをどうやって日奈に納得させるか、それればかり考えていた。

奇跡《きせき》との出会いは危険だ。それは。

自分が一番分かっていたはずなのに。

日奈は結局振り返らず、再び歩き始めた。

「待てよ、日奈」

歩みを止める様子《ようす》はない。

「いいよ。これ以上続ける必要はない。犯人捜しなんて止めて帰りましょう」

日奈の姿が、廊下の角《かど》で消えた。角を曲がったその先に、保健室はある。

慌《あわ》てて追いかける。

「あのさ、日奈。確かに俺達は、奇跡が安売りされてるのを知っちゃった。長い人生、悪魔に頼りたくなっちゃう時もあるかもしれない。けどさ、その時必ず悪魔がいて、《知恵の実》だかいうアイテムがあって、願いを叶《かな》えてくれるとは限らないだろ？　要は、悪魔の方で近づいてこなきゃいいんだ。関《かか》わるのを止《や》めよう。犯人を教えなければいい。あいつ怒って、人間不信になって、例え呼んでも二度と俺達の前に現れたりしないだろーさ」

なおも歩き続ける日奈の肩を、冗談《じょうだん》っぽく、しかし力を込めて押さえる。しかし日奈は止まらない。コウに肩を摑《つか》まれたまま、ぐいぐいと前進していく。

「……日奈サン？」

「……あのね」

そっと、重ねられる手の感触。

柔らかい、少し冷たい白い指。

日奈が振り向いた。

困ったような笑ったような、強固だけれど柔らかい、優しさを湛《たた》えた瞳《ひとみ》。

そっとコウの手を包み、告げる。

「あたしの推理が正しければ、この事件はまだ終わってない」

「……え？」

「後《あと》一人以上死んで、初めてこの事件は完結する。止めなければ、また誰《だれ》かが殺される」

……殺される？

「……それは」

「それだけは止めないと、ね。でも止めるには、犯人が誰か知らないと。……結局、あの子の力が必要かもしれないし」

「……」

コウは、口を開き、閉じた。

日奈《ひな》は首を傾《かし》げて笑みを浮かべ、絶句しているコウの頬《ほお》をつっと撫《な》でた。

「あ、の……」

「全く、厄介《やっかい》な状況に巻き込んでくれたわねぇ」

謝りかけた言葉が止まる。

「……わはは。俺は家族と恋人には、いくら迷惑《めいわく》かけても構わないと思うのだ」

「ご立派《りっぱ》」

日奈は笑い、コウの頭を撫で撫でするると、

「失礼します」

ドアを叩《たた》き、開き、中へと入っていった。

そうだ、謝って済むなら幾らでも土下座《どげざ》する。でもここは「ごめん」じゃ済まない、警察の必要な世界なのだ。

日奈が聞きたいのは謝罪の言葉じゃない。

巻き込んだのは仕方ない。

後戻《あともど》りはできない。

進むしかない。前へ。二人で。

コウも日奈の後を追い、保健室へと入って行った。

7

「遅かったわねぇ。ミステリー同好会は午前中に来たわよ」

「別に競ってる訳じゃないんです。向こうが勝手に張り合っているだけで」

余裕《よゆう》ねぇ、と笑い、保健室教諭《きょうゆ》・高久直子《たかくなおこ》は優雅《ゆうが》に白衣《はくい》を翻《ひるがえ》した。鏡の前で練習してるに違いない、実に決まった動作だ。

「紅茶しかないんだけど、いい？」

ポットからお湯の流れる音に、懐かしさを覚える。ここに来た事は一度も無かったが、小中学校、コウは保健室の常連《じょうれん》で、よくお茶を煎《い》れて貰《もら》ったものだ。

「……それで、何を聞きたいの？　それとも、また最初から話さないといけないのかな」

「ご心配無く。すぐに終わらせますから」

日奈の後ろからそっと、高久／容疑者を観察する。三十代前半、全体的に気怠《けだ》れた感じ、かといって疲れ老《ふ》けてる訳でも無く、化粧は少しのその顔はしかしそれで充分《じゅうぶん》なのを自分で知っている顔だ。白衣の下、セーターに包まれたまろやかな盛り上がりはまさしく同世代には見られぬモノで、山崎《やまざき》と関係を持っていたという事実と相乗《そうじょう》してコウの胸は何や訳の分からんモンに燃え上がった。

日奈《ひな》が質問を開始する。

「山崎《やまざき》先生に駆け寄られた時、何か異常はありましたか？」

「異常って……苦しんでいたから駆け寄ったんだけど」

「駆け寄るとすぐに、胸をはだけて聴診器《ちょうしんき》を当てていますね。それは何故《なぜ》ですか？」

「胸を押さえて苦しがっていたから。そのせいで、警察に疑われているみたいね。聴診するふりをして針を刺したんだろうって」

高久《たかく》の顔が、自嘲《じちょう》の表情に歪《ゆが》む。

「……保健医の仕事をしただけなのにね」

「……その時、何か異常は？」

「異常も何も、いきなり血が噴き出して」

その時の事を思い出したのだろう、高久は遠い眼差《まなざ》しになった。そんな様子《ようす》を気にするでもなく、日奈は質問を続ける。

「では先生は、この異常な事件についてどう思われますか？」

「そうね。例え非《ひ》論理的な結論でも、あらゆる可能性を考慮し排除して、最後に残ったならそれが真実。かな？」

「ですね」

微笑《ほほえ》む日奈。確か有名な探偵《たんてい》の台詞《せりふ》のはずだが、コウは正確な台詞はおろか探偵の名前さえ

ろ は

思い出せなかった。ミステリー読まないし。

「ミステリー読まれるんですか」

「海外のだけね」

おかわりは、と聞かれカップを差し出す。

日奈《ひな》は全然飲んで無い。

「……じゃあ先生は、この事件は非《ひ》論理的なものだと」

「世の中には不思議な事、いっぱいあるし」

一瞬コウを見、すぐ目を逸《そ》らす。

「あたしはこの目で、一番近くで見たのよ。あれは、あんなのは普通の死に方じゃない。あんな状況、あたしが犯人じゃなかったら、絶対誰《だれ》にも殺せない」

だから疑われてるんだけどね、と高久《たかく》は笑った。仕方ない、と諦《あきら》めているようだ。

「非論理的な、とは、具体的にどういうものを考えていますか?」

「さぁ……何かの奇病《きびょう》とか、偶然が重なったとか。いっそ呪《のろ》いなんてどう? あの人、結構恨《けっこううら》みかってたようだし。セクハラされたって相談、結構あったわよ?」

「呪い、ですか」

「陳腐《ちんぷ》な想像だけど、いきなり胸から、心臓から血を吹き出すなんて……。あの人の事、恨んでる人間は多かっただろうし。自分でもバカな事言ってると思うけど」

「そういえば」と日奈、思い出したように。

「答えたくなければ結構です。先生と山崎《やまざき》先生の関係は、同意の上でのモノでしたか？」

「日奈さん？」

ちょっと無遠慮《むえんりょ》な質問ではないだろうか、コウは思わず日奈を見た。無表情だ。

高久の頬《ほお》が、赤くなる。

「……そこまで知ってるんだ。舞原《まいばら》さんは警察の情報も手に入れられるって、本当なのね。……そうね、同意の上かと聞かれれば、そうだとも言えるし違うとも言えるかな」

「はぁ」

「脅《おど》されてたのは確かだけど、まぁいいかって気持ちもあったし。恋人もいないし」

「……大人《おとな》っスね」

日奈に肘《ひじ》でこづかれる。

「……山崎は、どんなやり方で脅迫《きょうはく》してたんですか？」

「暴行して写真を撮って、って奴《やつ》」

「うわぁ」

「君はそんな大人になるなよ」

高久は遠い目になった。

「最低よね……暴力で人を脅して、無理やり……。そして、こんな事にならなかったら、誰《だれ》にも知られる事なくそれは続いていたでしょう。結局は法も正義も、弱者の為《ため》の方便《ほうべん》なのよ。現実の力の前では、何の役にも立たない。あたしはともかく、今まで犠牲《ぎせい》になった人、これから犠牲になる人の事を考えたら……こんな事言ったら、教師失格《しっかく》なんでしょうけど」

コウを見、日奈《ひな》を見て、高久《たかく》ははっきりと、言った。

「……あの人は、死んで良かった」

沈黙が部屋を支配する。

なんかいたたまれず、コウは口を開いた。

「……それはともかく、結果として先生が疑われているんですよ？　犯人じゃないかって。このまま容疑が晴れなかったらどうします？」

「……そうね」自嘲《じちょう》的な笑み。

「確かにこのままだったら、あたしが犯人にされちゃうかもね。ムリヤリに。……その辺《へん》のところは、君たちに期待しようかな？　我が校の《みすてりぃサークル》に」

高久は口元《くちもと》を笑みに歪《ゆが》め、日奈を見た。日奈は答えず、高久の視線を受け止めている。

しばらくして、頭を下げる。

「どうも協力、有難《ありがと》うございました」

身を翻《ひるがえ》し、扉《とびら》に向かう。コウも慌《あわ》てて後を追う。

「ううん。また何かあったら、いつでも来て？　てゆーか教えてね。あたしも気になるし」

高久の言葉を聞きながら、二人は保健室を辞《じ》した。

廊下の角《かど》のところで止まり、日奈はコウに電話をかけさせた。

「ほら、いつものあの、パシリ君を呼んで」

「俺は他人をパシらせた事なんてねーぞ」

「いいから早く。パキリ君だっけ？」

「はぎり、だ」

部活中だったのだろう、ボクシンググローブを嵌《は》めたまま現れた葉切《はぎり》に、日奈は保健室を見張っているよう告げた。誰《だれ》かが来たり、逆に高久が出かけたらすぐ電話するように。全力疾走で来たのだろう、未《いま》だ息を乱しながらもブンブン頷《うなず》く葉切を見ながら、コウは考えた。

高久を見張る。それは。

高久を守るため？

それとも、高久から誰《だれ》かを守るため？

8

「……で、裏付けは取れたんスか？」

真嶋《まじま》の所へ向かう途中、コウは尋《たず》ねた。が、日奈は振り向かず、ずんずん先を歩いていく。

「おーい、日奈《ひな》さ～ん」

と、突然《とつぜん》日奈が止まった。振り返る。

思わず後ずさるコウ。

「……な、何？」

「……まだ犯人、分からないの？」

「分かりません」

「……どうも今日《きょう》のコウは、真面目《まじめ》に考えていないという以前に、頭が回転してないねぇ」

少々ムッとする。

「……小鳥遊《たかなし》に解《と》けなかった問題が、そんな簡単に俺に解けるかよ」

「ジョウが解けなかったのは、ゲームだと思い込んでたからよ。……君の場合は、多分」

「何」

「妹さんが、宇宙人にさらわれたから」

妹？

「……妹が宇宙人にさらわれたから、俺は謎《なぞ》が解けないって？　何だそりゃ。だいたい俺は、前に話したと思うけど、事件はおろか妹の事さえ全然覚えてないんスよ？」

日奈はコウを凝視《ぎょうし》した。

「……でも、宇宙人に誘拐《ゆうかい》されたって、信じているんでしょ？」

「……どうかな。ガキん頃《ころ》から言い続けてたから、ポリシってーか、ステイタスになっちゃってるのかもしんない。いいじゃん別に」

コウの気持ちを察したのだろう、日奈はそれ以上何も言わなかった。

バレー部室に真嶋《まじま》はいなかった。部員が一人、掃除をしていただけだった。警察の捜査の為《ため》、体育館組の部活は開店休業状態。

「じゃあ真嶋先輩《せんぱい》、今日は学校来てないンスか？」

「……もしか、だけど、図書館にいるかも。真嶋最近《さいきん》、図書館に入り浸《びた》りだからね。それより君さ、堂島《どうじま》コウくんだよね」

何故《なぜ》か記念写真を撮り、礼を言うと、コウと日奈は図書館に向かった。

廊下から玄関を抜け、校庭に出る。

校庭を挟む本館の反対側、校門を抜けた所にある建物、それが図書館だ。日炉理坂《ひろりざか》中学・高校共有のこの図書館は市立図書館に負けない規模を誇り、一般者でも利用できるよう学校の外に建てられている。

二人は校門を抜け、図書館に入った。

真嶋綾《あや》はすぐに見つかった。カウンター内で本を読んでいる。一人。いっつもコウを捕まえては小学生の君に出会いたかったと嘆《なげ》く司書《ししょ》のおねーさんもいなかった。

「……あの人か」

見覚えがある顔だった。最近よく図書館で見かけた顔だ。日奈に付き合ってコウもよく図書館を利用するので、何となく覚えていた。

ちなみに司書《ししよ》のおねーさんに気に入られているので、ここでもお茶が飲めたりする。

二人の気配に気づき、真嶋は顔を上げた。

「今ちょっと、司書の……」

その顔が驚愕《きようがく》に凍りつく。

「すいません。《みすてりぃサークル》の」

「知ってる。あんたら有名だから」

真嶋《まじま》は本に戻った。

「ちょっと話を」

「話す事なんてないわ」

やけにそっけない。

本を読んでいるのを幸いに、コウは無遠慮《ぶえんりよ》に視線を走らせた。真嶋綾《あや》、バレー部所属の二年生。ショートカット、どことなく日奈《ひな》に似ている（もっともショートカットの女性はみんな、コウに日奈を思い起こさせる）が、日奈より全体的に鋭角的、ボーイッシュ、眉毛《まゆげ》も細い。赤と緑の日炉理坂《ひろりざか》ジャージを着ていて身体《からだ》の線は分からないが、男を知っているという先入観のせいか何となく色気が感じられ、コウは頭の中で転《ころ》げ回った。

「山崎《やまざき》先生の事件について、先輩《せんぱい》の意見をうかがいたいんですが」

「意見なんてない。だいたい、あたしは全校集会を休んでたのよ。事件なんて見てない」

「だから聞きたいんです」

真嶋は顔をあげ、日奈を見た。というより睨《にら》んでいる。

「……何をよ」

「例えば、何故《なぜ》休んだのか、とか。先輩は、山崎に脅迫《きょうはく》されていたそうですね」

「……ふうん、さすがみークル、双子《ふたご》の姫様の太鼓持《たいこも》ち。警察の情報も手に入れられるって本当なんだ」

本を閉じ、日奈に向き直る。コウは目を丸くした。真嶋が読んでいたのは魔術のハウツゥ本だった。

コウの反応に気づき、真嶋は口元《くちもと》を歪《ゆが》めた。

「何？　こういうの読んでちゃおかしい？」

「おかしいです。はははははははははははははぁ」

睨まれ、慌《あわ》てて口を閉じる。日奈程《ほど》ではないがその双眸《そうぼう》はなかなか強く、意志の堅固さがうかがえる。成程《なるほど》、確かにこんな瞳《ひとみ》を持つ人間は、尋常《じんじょう》な手段では脅迫できないだろう。

「……それで？　ひょっとしてあたしを疑っている訳？　全校集会に出ていなかったあたしが、どうしてあいつを殺せるのよ」

「……警察は高久《たかく》先生を疑っているようですが、それについてどう思いますか」

真嶋《まじま》は日奈《ひな》を睨《にら》みつけた。

「あんた頭いいんでしょ？　常識で考えれば分かるじゃない、なんであんな場所で人を殺さなけりゃならないのよ。高久先生は犯人じゃないわ」

「常識で考えれば、高久先生以外の人間には殺せません。違いますか？」

「それは……」口ごもる。

日奈は真嶋が読んでいた本を手に取った。

「非常識な方法なら話は別ですが」

真嶋はせせら笑った。

「山崎《やまざき》は、呪《のろ》い殺されたって言いたいの？　さすがみークル、呪いもアリなんだ。……そういえば、確か君でしょ？　妹を宇宙人にさらわれたヒトって」

コウを見る。コウは胸を張った。

「さらに最近は、悪魔《あくま》に殺されかけまして」

冗句《じょうく》か狂気かはかりかねたのだろう、しばらくコウをねめつけていたが、真嶋は何も言わずに日奈に視線を戻した。

「それで？　あたしが呪い殺したとでも？」

「どうでしょう。ただ、誰《だれ》かが山崎を呪い殺したのなら、高久先生は可哀想《かわいそう》ですよね。心配して駆け寄ったばっかりに、犯人扱いされて。警察は、多分《たぶん》彼女を逮捕するでしょう」

「……犯人じゃない人を、逮捕なんてできないわ」

「日本人的な発想ですね」日奈は微笑《ほほえ》んだ。

「可愛《かわ》い」

真嶋は立ち上がり、さすが運動部、カウンターを一跨《ひとまた》ぎに飛び越えた。腕を組み、日奈の前に立つ。しなやかな肉食獣《にくしょくじゅう》的な動作に、コウは本能的に身構《みがま》えた。

鼻で笑い、口を開く真嶋。

「別に何もしないわよ。それよりさ、遠回し、やめてくれない？　はっきり聞けばいいじゃない、あたしが殺したのかって」

「先輩《せんぱい》が殺したんですか？」

「そうよ。あたしが山崎を殺したの」

コウは唖然《あぜん》とした。こんな簡単に自白《じはく》するとは。

……じゃあ、真嶋が犯人なのか？

でも、どうやって？

殺人の罪を告白しながら、真嶋の態度に怯《ひる》んだ所はなかった。かえって挑発さを強め、日奈に冷たい視線を送ってくる。

「それで、どうする？　警察に行く？」

「どうやって殺したんですか？」

「非常識な方法で、よ」

「呪《のろ》い殺したという意味ですか？　つまり先輩《せんぱい》には、そういう特殊な才能があると？」

日奈《ひな》の問いに、真嶋《まじま》は口を開き、……閉じた。意地悪い笑みが顔中に広がっていく。

「……いいえ。残念ながらあたしには、その手の才能はないみたい。……でもね、やっぱり山《やま》崎《ざき》を殺したのはあたしなのよ。どうやったか、分かる？　探偵《たんてい》さん」

「……御《お》二方《ふたかた》、もしかして知り合い？」

真嶋の挑戦的な態度に、コウはつい口を挟んだ。ううん、と日奈は首を振っただけだったが、
真嶋は過敏に反応した。目を怒らせ、

「違うわよ！」ほとんど怒《ど》鳴《な》り声。

「ごめんなさい」頭を下げる。

「何かさ、二人ともケンカしてるみたいで。もっと仲良く話しましょーよ。ね？」

「それに何の意味があるのよ」

「人、という文字は、お互いに支えあって」

「バカじゃない」

「人間という言葉は、人の間と書いて」

「一つ、聞いていいですか？」

日奈はにこやかにコウの足を踏み付けた。

「何故《なぜ》、自分には才能がないと？」

「試したからよ」自嘲《じちよう》に表情が歪《ゆが》む。

「信じられる？　二一世紀を迎えようというこの御時世《ごじせい》に、あたしは藁《わら》人形に釘《くぎ》を打ったりしてたのよ？　……我ながら嫌になるわ」

「……追い詰められていたんですね」

真嶋の身体《からだ》が風を起こした。猫科《ねこか》の獣《けもの》を思わせる滑らかな動きに、足を踏まれ続けていたコウは反応できなかった。気がついた時には真嶋は日奈に詰め寄り、襟首《えりくび》を摑《つか》み上げている。

コウは慌《あわ》てて、自分も日奈の襟をぐいっと摑み引っ張った。

「……何の真似《まね》よ」と真嶋。

「先輩《せんぱい》の真似。うわぁ、これって面白いな」

真嶋はしばらくコウを凝視《ぎようし》していたが、日奈に視線を戻し、手を放した。

コウも放す。日奈は平然としていたが、ブラウスの襟首はだらんと伸びて見るも無残《むざん》な状態だ。

やはり、真嶋は日奈に敵意を持っている。

コウは位置をずれ、日奈を後ろに押しやった。

「とにかく、あたしは呪いの力は持ってない。信じようと信じまいと勝手《かつて》だけどね」

会話に興味を失ったように、真嶋《まじま》は冷めた態度でコウを見た。日奈《ひな》には目もくれない。

「……でも、殺した」とコウ。

「そうよ。どうやったか分かる？」

「そうですね、何か、霊験《れいげん》アラタカなアイテムを手に入れたとか。それとも、呪《のろ》いの力を持っている誰《だれ》かに頼んだとか？」

（魔法のカメラ、を持った誰かに）

真嶋は微笑《ほほえ》んだ。

邪気《じゃき》の無い、心からの笑いに見えた。

「それはいいわね。そういう友人がいれば。素敵《すてき》な人脈、不思議な縁《えん》？」

「……誰に頼んだんですか？」

「さあね。当ててみてよ。正解なら白旗《しろはた》あげるから。……どう、分かる？　探偵《たんてい》さん」

どーだ分からないだろう、そんな勝ち誇った感情が声のトーンにうかがえる。日奈はブラウスを髪《ヘア》ピンで押さえ、どうにか形にしようとしていたが、真嶋の問いに微笑んだ。

「その前に、聞いていいですか」

「……何よ」

「山崎《やまざき》はどうやって先輩《せんぱい》を脅迫《きょうはく》していたんですか」

「……さぁね」真嶋は日奈を睨《にら》んだ。

「どうせつまらない事だろうと、バカにしてるんでしょう」

「いえ。あたしは、正当防衛の可能性を知りたいだけです」

「バカじゃないの？　例え正当防衛だとしても、誰《だれ》が信じてくれるのよ」

ようやく、会話が変である事に気づく。

真嶋は完全に、呪いが存在する事を前提に話している。呪いを信じ込んでいるのだ。何故《なぜ》か？

どこかで呪いを見たからだ、疑いようのない、信じざるを得ない力を。そして小鳥遊《たかなし》は言っていた、誰かに教えて貰《もら》わなければ、それが呪いだとは分からない、と。

真嶋に教えたのは誰か？

正当防衛である事を証明できない。

人に信じて貰えない、話せない。

逆《さか》らえない脅迫方法。

（小鳥遊の推理通りだ）

《ザ・ブルマ》しかいない。

真嶋が呪いを信じているという事実、それはそのまま《ザ・ブルマ》が《ピンホールショット》を持っていた、それで脅迫を行っていたという事の証明なのだ。それを確かめる為《ため》に日奈は真嶋に会いに来たのだ。

そして今、《ピンホールショット》は……。

「正当防衛かそうじゃないかは、大事な事です。殺人と事故ぐらいの違いがあります」

「……あれは殺人よ。あたしは殺そうと思って、そして殺した」

真嶋《まじま》は顔色《かおいろ》を変えず言い放った。退《ひ》く事なく、日奈《ひな》の瞳《ひとみ》を真向《まこう》から受け止めている。

殺人は悪い事だけど。

コウは尊敬の念を覚えた。

なおも日奈は食い下がる。

「……でも、後悔していませんか？　胸が痛みませんか？」

「……いい子ちゃんねぇ、日奈ちゃんは」

嘲笑《ちょうしょう》。しかし、何となく作り物めいていて。

コウはその心中を思った。

一人で生きると決めたなら、決して謝ってはいけない。間違いを認めてはいけない。例え自分が間違ってても、悪いと思っても。

奇跡《きせき》は《一人》を強制する。

呪《のろ》いの力に脅迫《きょうはく》され、誰《だれ》にも頼れなかった彼女は、《一人》を決意したのだろう。

ならば決して、後悔なんて認めないだろう。

コウは頭を振った。落ち着け、俺。他人を勝手に想像するな。今のお前は、真嶋という先輩《せんぱい》に昔《かつて》の自分を、宇宙人！　と叫んでいた子供の頃《ころ》の自分を重ねているだけだ。

す、と真嶋が動いた。

しかし今度は日奈にではない。真嶋は音も立てずにコウの側《そば》に寄ると、白い指でそっとコウの顎《あご》を捕らえた。自分の方を向かせる。

「……へぇ、確かに可愛《かわい》いわね。うちの部にも、あんたのファン多いわよ」

「俺の部だって、俺のファンは多いっスよ」

「……これで、もっと普通の性格だったらねぇ。ま、そこがいいのかも知れないけど」

先輩に顎をくすぐられ、コウは不覚《ふかく》にもトキメキしてしまった。日奈の様子《ようす》をうかがおうとするが、真嶋の指がそれを許さない。それほど力が込められている訳でもないのに、先輩の、年上の魔力という奴《やつ》か、体が動かない。

「あんたたち、キスは？」

「まだです」無感情な日奈の声。

コウは恐怖を覚えた。

「……ふーん。じゃ、お互いにファーストキスなんだ。……ねぇ、もしもあたしがそれ、奪ったらどーする？」

「あたしは、そーいう事にロマンを見出す人間じゃないですから」

真嶋がコウの唇《くちびる》を奪った。

柔らかく水気の多い、パ行とナ行に拗促音《ようそくおん》を加えた感触に、コウの思考は停止した。我に返り抵抗の義務を思い出した時には、しかし既に唇は離れてしまっている。

しまったぁぁぁぁぁぁぁぁぁぁぁぁぁぁ！

「あたしはね、そーいう事にロマンを見出す人間だった」

吐き捨てるように呟《つぶや》くと、真嶋《まじま》はコウを押しやり（コウはそのまま尻餅《しりもち》をついた。腰が抜けてた）、日奈《ひな》を恋人を寝取《ねと》った女でも前にしているかの如《ごと》く睨《にら》みつけた。

「あいつはあたしから、そーいう事を全《すべ》て奪った。あたしの誇りも、尊厳《そんげん》も、……猫も。後悔？

そんなの絶対しない。もしもやり直せたとしても、あたしは同じ事をする」

「高久《たかく》先生について、どう思いますか？」

「……は？」

唐突《とうとつ》な、場に何の関係も無い質問にあっけにとられる。

「……いい人だとは思うけど、それだけじゃ世の中渡っていけない。……何よ、突然。今あたしが何したか、見てなかったの？」

「サービスしときます。お手数かけました」

そう言うと、日奈は身を翻《ひるがえ》した。コウも慌《あわ》てて後を追う。真嶋の声が追いかけて来た。

「どうやって殺したか分かったら、いつでも言って。正解だったら自首《じしゅ》してもいいわ」

「人を呪《のろ》わば穴二つ掘れ」

振り返らず、しかし立ち止まり日奈《ひな》は呟《つぶや》いた。聞こえるか聞こえないかの微妙《びみょう》な声で。

「例え自首《じしゅ》しても、法律は先輩《せんぱい》を裁けません。裁ける者がいるとしたら、それは先輩だけでしょう。……先輩が、本当に後悔していない事を祈ります」

振り返らず、再び歩き出す。しかしコウは振り返って真嶋《まじま》を見ていた。目撃《もくげき》した。その顔が、驚愕《きょうがく》と畏怖《いふ》に彩《いろど》られていく様《さま》を。

雷に打たれたように動けなくなっている少女を残し、二人は図書館を後にした。

9

外はすっかり夕暮れだった。夕方空《ゆうがたそら》は朱《あけ》に朱に、夕方風《かぜ》は冷《ひ》え冷《ひ》えに、物語るのはこの世の終わりか夜の始まりか、なんつって。

図書館敷地《しきち》を出るまでの間、日奈《ひな》は一言も喋《しゃべ》らなかった。

理由は分かっている。怒っているのだ。ブラウスをだらだらにした事を。

後、ひょっとしたらキスも。

とはいえ、それで機嫌《きげん》を損ねて黙り込んでる訳ではない。日奈はそういう、良く言えば可愛《かわい》い、悪く言えば陳腐《ちんぷ》な反応をする女性ではない。日奈が黙っているのは、今自分が怒っている原因を言語化し体系化し問題を見つけ対策をまとめコウにも理解できる言語に翻訳《ほんやく》するのに忙しいからである。言葉にできない事象《じしょう》など、存在しないも同じ。それが日奈のポリシィであり、嫌いな言葉はフィーリング、そういう事が分かっているから、コウも話しかけたりはしなかった。

大人《おとな》しく、黙って後に付き従う。

日奈が話してくれるのを待つ。

「さて」校門についてしばし経《た》ち、ようやく日奈は口を開いた。

「何か質問は？　なければさっきの」

「待って待って！」手を挙げる。

「えーと、裏付け作業は終了っスか？」

「うーん。……状況証拠《しょうこ》拠しかないけど、これ以上は無理ね、あたしたちじゃ」

暗い表情が物語る真実。

「日奈の、推理通りだったんだな」

「やっぱあたしって、名探偵《めいたんてい》だねぇ」

「何か決め台詞《ぜりふ》、考えたら？　じっちゃんの名にかけて、とか、この紋所《もんどころ》が目に入らぬか、とか。……あいつに話す気なら、だけど」

「話す」

（悪魔《あくま》に魂《たましい》を、渡す）

「そっか」

日奈《ひな》の簡潔《かんけつ》な答えに、コウも簡潔に応えた。胸が苦しくなった。何かを殴《なぐ》りつけたくなった。

その何かの第一候補は自分だった。

笑顔を作る。

「俺の意見を通してくれるんだな。良かった、これで納得できる。正直いうとさ、日奈が反対しても俺は、無理やりにでもそうするつもりだったたんだ。自分の主張を曲げてまで俺の気持ちを考えてくれるなんて、恋人冥利《みょうり》に尽きるなぁ。ほら、ハグしてあげよう」

両腕を開く。コウ的にはエルボウかそこらの突っ込みを予想していたのだが、日奈は飛び込んで来た。コウを抱き締める。狼狽《ろうばい》し、硬直し、何も出来ぬまま時は流れ、日奈は笑って身体《からだ》を離した。

離してもなお残る、温《ぬく》もりと香り。

何となく泣きたくなった。泣かないけれど。

「気持ちは嬉《うれ》しいけど、残念ながらコウの意見を通した訳じゃ無い。あたしが自分で決めた事だよ。……話して、分かったの。犯人は、これからも殺すのを止《や》めるつもりはない。

さらに人が殺されるのを容認するか、それとも魂《たましい》を引き渡すか、の二択《にたく》なら、後者を選ぶべきよね。少なくとも犯人は、そうされる理由があるんだから」

どちらにしても、人が死ぬのに代わりはないけど、そう言って日奈はうつむいた。

コウは天を仰ぎ見た。

「……俺は本当に、これは本気の本当に、犯人は悪魔《あくま》に引き渡すべきだと思ってる。……例えば俺に妹がいて、宇宙人にさらわれて、でも宇宙人だから法で裁けない、罰《ばつ》は受けないなんて言われたら、もー気が狂っちゃうね。《ザ・ブルマ》は酷《ひど》い奴《やつ》だったかもしれない。だからって、殺しても罰を受けないなんて話、まかり通っていいはずないんだ」

「あたしもそうは思うけど……古い人間なのかな、魂って聞くと、何か、人間にとって一番大事なもの、って感じがするのよね。それを悪魔に引き渡すって、何か凄《すご》く……」

「んじゃ仕方ない」コウはポンと手を打った。

「努力はしよう」

「……努力？」

「最終的には新たな犠牲《ぎせい》者の命か犯人の魂かの二択《にたく》になるかもしれないけれど、その過程ででき る事だってあるだろ？　アクマを説得して魂を奪うのを諦《あきら》めて貰《もら》うとか、犯人を説得してこれ以上の犯行を止めさせるとか。……やっぱり、犯人から《ピンホールショット》を盗み出すってのが一番現実的かな。《ピンホールショット》さえ回収できれば、アクマも犯人を見つけられないし犯人もそれ以上殺せない。使わないで殺人したら、警察が裁いてくれるだろうし。……ま、健全な人間としては、それぐらいの努力はするべきだろうなぁ」

「健全な、ねぇ」

日奈は笑った。あきれたような面白がっているような、コウの大好きな笑顔。

「そう、健全。……言っとくけど、努力しても駄目《だめ》だったその時は、潔《いさぎよ》く二択、だぜ?」

「……でも、いいの? コウはそれで」

「……そりゃあまぁ、それが上手《うま》くいって犯人は警察はおろか悪魔《あくま》にさえお咎《とが》め無し、なんて事になったら正直むちゃくちゃムカつくけどさ、

(それでも日奈《ひな》を悲しませるよりはいい)

……よく考えたら《ザ・ブルマ》には何の義理もないんだ、あんな奴《やつ》の為《ため》に悪魔の手先になる必要はないよな」

「それだけじゃない。悪魔の恨《うら》みを買っちゃうかもしれないし、ううん、犯人に見つかって狙われる可能性もある。命を危険にさらしちゃうかもしれないのよ? そうなったら」

「……」コウはじとっと日奈を見た。

……日奈は目を逸《そ》らした。

「……お前、そうか、そうだよな。頭のいいお前がこんな事、思いつかないはずがないよな。お前、一人でもカメラを回収しようとか思ってたな」

日奈はてへへと言った。

「ん……まぁ、コウ次第だったんだけどね」

「……お前なぁ、ずるいじゃねーか。そんな危険な事、一人でさせられる訳がねーだろ? そんな事させたら、小鳥遊《たかなし》に殺されてしまう」

「……そーゆーと思ったから、話さなかったんじゃない」

憮然《ぶぜん》とした表情で、

「自分のね、自由意志で決めて欲しかったのよ。コウもジョウも、あたしを大事にしてくれるのは嬉《うれ》しいけどね、本当に大事な事は自分の意志で決めないと」

「勿論《もちろん》自分の意志だよ」

日奈はため息をついた。

「……いい？　例えあたしの為じゃなくても、あたしの意思《いし》に反しても、それが自分の……もういい。とにかく、有難《ありがと》う。……そうと決まったら時間が勿体《もったい》無いし、早速《さっそく》行動しないと」

言うや否や歩き出す。慌《あわ》てて後に従いつつ、

「……行動？」

「今自分で言ったでしょ？　カメラを回収するの」

「回収って……どこへ？　どこにあるのか分かってんの？」

「……もう。どこだと思う？　犯人が高久《たかく》か真嶋《まじま》なら、カメラをどこに隠すと思う？」

考える。二人とも《ザ・ブルマ》事件の関係者であり、しかも高久は容疑者だ。凶器《きょうき》が見つかっていないこの状況で、いつ警察に捜索《そうさく》されるか分からない自分の周囲には置いておけないだろう。

「……貸し金庫やロッカー、とか……」

「言ったでしょ。犯人は早急に次の犯罪を行う必要があるって。自分がすぐに使えるところに、カメラはなければならない」

「……じゃあ、学校に……」

あくまで可能性だけどね、と頷《うなず》く日奈《ひな》。

「で、もし学校だとしたら、それは一体どこでしょう？」

「……そうだな、警察に調べられる可能性のある保健室や部室はまずないな。職員室も一般の教室もない。ちゃんと保管でき、カメラが在《あ》っても不自然じゃない……新聞部、いや、……カメラ部の部室？」

「使われたらどーするのよ」

「カメラが在ってもおかしくなく、使われる心配もない……そうか！　木製の古いカメラだもんな」

「そーゆー事」

コウは歩き続けている日奈の前に出、颯爽《さっそう》と歩き出した。

「よし、早速《さっそく》行こう！　まずは職員室だな」

「……ところで、さっきの事だけど」

やっぱり忘れてなかったらしい。

コウは歩みを止めず、話題を探した。

「……あ、そうだ、これも聞こうと思ってたんだ。さっきさ、真嶋先輩《まじませんぱい》に最後に言った言葉、どういう意味？　何か先輩、ひどく驚いていたけど」

「自分で調べなさい。何なら舞原妹《まいばるいもうと》に聞けば、詳しく教えてくれるわよ。……他にある？」

「待って待って。えーと……そうだ！」

「いい加減《かげん》あきらめなさい」

ここまでか。

コウは覚悟を決めた。

「分かった。ブラウスは弁償《べんしょう》します」

「誰《だれ》がそんな話をしてるのよ」

ぐいと肩を摑《つか》まれ、ムリヤリ振り向かされる。日奈の眉毛《まゆげ》が、怒りの形に持ち上がっているのが見えた。

口が開く。

「キスの話に決まってるじゃない」

ああ、やっぱり。

コウはため息をついた。

携帯で葉切《はぎり》と連絡を取り高久《たかく》が動いていない事を確認し、二人は職員室でカギを借り、郷土資料室に向かった。そこは。

『凹《おう》』の形をした本館の右辺、保健室から見える場所にある。

（……という事は、もしかして犯人は……あ？）

そっと、腕を組まれる。

温かい、張りのある胸の感触に気の遠くなりかけるコウに、囁《ささや》き声が注意を促す。

「……無かったら、覚悟してね」

「全然ＯＫ」

二人は腕を組み、資料室へと入っていった。

「わーお、なんてこったい」

カメラはすぐに、見つかったのだった。

10

何しろ窃盗《せっとう》、カメラをコウの上着にくるみ隠すと、二人はすぐに資料室から出た。勿論《もちろん》、人《ひと》気《け》がないのを確認するのは忘れない。

「……」何か言いたげに、保健室を見ている日奈《ひな》。

「……どうした？」

「……ううん。ほら、早く行こう。誰《だれ》かに見つかったら大変だ」

廊下を早足で抜け、玄関を出る。そこで日奈はもう一度、保健室を見た。さっきからやけに、保健室を気にしているような……やはり高久《たかく》が犯人なのだろうか。だがもし高久が犯人なら、保健室から見えているはず、《ピンホールショット》を盗み出そうとしている二人を放っておいたりするだろうか。何しろ向こうは先生こちらは生徒、泥棒と咎《とが》められたらこの状況、言い逃れの仕様《しよう》がない……そうか、とコウは納得した。日奈は当然、その場合の対応策も考えているだろう、つーかそうなる事を予想して策を練っていたに違いない。それなのに高久から何のリアクションもないもんだから、こんなに気にしているのだろう。

という事は、つまり。

犯人は、高久。

よし、これで犯人は分かった。後はトリックさえ解明できれば……。

「……え？」

日奈の声が聞こえた気がして、コウは思考を中断、顔を上げた。

「……なんか言った？　今」

「バカって言ったの」

「……否定はしないけど、何だっていきなり」

「君の事じゃないわよ。いや、君もバカだけど、あたしはそれに輪をかけてバカだわ。……んもう、ほんとに、信じらんない」

「そんな君が、大好きさ」

「……あたしもよ、コウ」

思いのほか真面目《まじめ》な視線《しせん》に、コウは思わず赤面《せきめん》した。

「……何だってんだよ、もう……。どうかしたのか？」

「カメラ、貸して」

言われるままにカメラを渡す。日奈《ひな》は《ピンホールショット》を小脇《こわき》に抱え、コウと腕を組んだ。そのまま歩き出す。

「……どうしたの」

「いいから」

日が落ちた校庭はナイターのように照明に照らされ逆に明るく、下校途中の生徒たちは恥ずかしいのだろう、光のエリアに入らぬよう、こそこそと暗い隅《すみ》を帰っていた。そんな中、コウをぐいぐい押して、日奈《ひな》は光のエリアの真ん中へと歩みを進めていく。

「……日奈さん？」

「周りの人間に、見せとく必要があるのよ」

「何を」

日奈の声は、耳をそばだてなければ聞こえないぐらい小さかった。

「……失敗したわ。気づいて然るべきだったのに。……やっぱり一朝一夕《いっちょういっせき》じゃ、探偵《たんてい》になんてなれないわね」

「……何の話？」

「……分かっていたのに。これが計画的な、でも突発的な犯行だって事は。……やっぱり、悪《あく》魔《ま》、何てので興奮《こうふん》してたのかな。クールが売りの日奈ちゃんらしくない失敗ね」

何言ってるんだ？　と立ち止まろうとしたコウの動きを強い力で押し止め、日奈は小さな叫びを絞り出した。

「普通に！」

驚きつつも歩き続けるコウの耳を、日奈の囁《ささや》き声が打つ。

「犯人は、高久《たかく》よ」

（……！）

ピクリともせず歩みを止めず、歩いていく二人。何かがコウの胸に沈み、嗚咽《おえつ》となって昇《のぼ》ってきた。

（ここは）

（この場所は）

（保健室から見えている）

（体育の時などに、怪我人が出たのが分かるよう、双眼鏡が置かれているのを俺はよく知っている、いる——）

日奈《ひな》の声が聞こえた。

「急な動きはしないで。あくまでも普通に」

次いで、

「……大丈夫、君だけは助けてみせるから」

コウは口を開いてみた。

言葉は出てこなかった。

組んでる腕に力がこもる。横目で、日奈を見る。微笑《ほほえ》んでコウを見ている瞳《ひとみ》と出会う。

のどがきゅううと鳴った。

動悸《どうき》が高く、激しく——。

（落ち着け、冷静になれ）

考えろ。日奈は助けると言った。だが一体、どうやって？　ああ畜生《ちくしょう》、

（既に写真は撮られているかもしれない、ならば、考えたほうがいい——）

服装を変える、それしかない。しかし少しでもそういう素振りを見せたら、敵は呪《のろ》いを発動させるだろう。

（残り時間は九分弱——）

どちらが早いか、いちかばちか——。

（……！）

（そうか、日奈は……）

一つだけ、チャンスがある。

賭《か》けられるチャンスが。

震える両足を必死で押さえ、コウは笑顔を作った。パニックが一番怖かった。冷静に日奈の様子《ようす》を確認する。日奈と視線《しせん》が交差し、二人は互いの思惑《おもわく》を感じ取った。

「止《や》めて」日奈が言う。

「分かっているはずよ。あたしの方が確率が高い。高久《たかく》は多分、コウを警戒してはいない」

「賭《か》けってな常に二分の一だ」

笑う瞳《ひとみ》のその奥で、コウは日奈に集中した。いつ抜くか、いつ抜くか――西部劇のガンマンのように、相手の動きに、気配に全《ぜん》神経を集める。一番怖いのは、共倒れになることだ。（いや、それは二番目の俺の望みだ。）何とか日奈の虚《きょ》を、つかなければならない。

日奈が正面を向き、言った。

「お願い、コウ。二人共は無理なのよ。それじゃ何も意味が無くなる」

「そうだな」考えろ、時間はまだ九分もある。引き伸ばすんだ、必ず、虚をつくチャンスが来る――。

「分かるでしょ？　あたしはもう死んでいる。後は――」

「黙れ」

（落ち着け、冷静になれ）

一番怖いのは、自分の動きが反射的に、日奈《ひな》まで動かしてしまう事。そして同じ事を、日奈も恐れているはずだ。

必ず、チャンスは来る――。

（必ず、日奈は助けてみせる！）

「生き返らせる」そんな言葉が口を出た。

「え？」

「ほら、聞いたろ？　さっきの質問の答え。もし日奈が死んで、俺が生き残ったら、俺は必ず、日奈を生き返らせるから」

「……バカ」声が悲痛の響《ひび》きを帯びる。

「君の魂《たましい》と引き換えに生き返って、それであたしが喜ぶと思う？　そんなのあたしが望むと思う？」

「でも望まずにはいられないんだ」

多少冗談《じょうだん》っぽく答える。日奈は口を開き、閉じ、何も言わずうつむいた。そうだ、それでいい、考えるんだ、俺を説得する言葉を。少しでいい、気を逸《そ》らせさえすれば――。

（今だ！）

コウは——。

「コウ、大好き」

思考が空白化した一瞬、日奈が動いた。日奈が身体《からだ》を廻《まわ》す姿を、ただただ眺《なが》めているだけだった。スカートが綺麗《きれい》に広がり回る。スローモーションのような優雅《ゆうが》な動作で、日奈は、コウの頬《ほお》に手を伸ばし。

そっと、つま先を伸ばした。

唇《くちびる》に触れる、キスの感触。

夜の学校、輝く校庭。四方に伸びて踊る影。

人工の光が生んだ舞台で、

二人は初めてキスを交わした。

血の色で、世界の全《すべ》てを染めながら——。

11

冬月《ふゆつき》日奈が身体を廻《まわ》した瞬間、高久《たかく》直子《なおこ》は右手の写真を握り締《し》めた。

……どうやら、服装を変えようとしたのではなかったらしい。

双眼鏡《そうがんきょう》に拡大された画面の中、冬月日奈《ふゆつきひな》が堂島昴《どうじまこう》にキスをしているのを確認し、高久《たかく》はため息をついた。時計を見る。

……まだ六分も残ってたのに……。

あんなところでキスするなんて、いったい何を考えているのだろう。

——二人の間から血飛沫《しぶき》があがる。

……やはり、カメラの魔法への対抗方法は知らなかったのか？　ならば何故《なぜ》、カメラの事が分かったのだろう、《ピンホールショット》に触った事があるのなら、当然その呪《のろ》いの破り方も知っているはずなのだが。

山崎《やまざき》が話したはずないし。

単なる偶然《ぐうぜん》だったのか。

殺す必要はなかったのか？

それにしても、と高久は口元《くちもと》を斜めにした。このところ、ツキがある。カメラの事を知られていたなんて、二人と話した時には全然気がつかなかった。二人が資料室に入っていったのを見た時も、偶然だと思った。あの二人がアレを持って出てこなければ、ずっと気づかなかったに違いない。まさか、もう必要ないと思っていたアレが、こんな形で役に立つなんて。

高久は机に置いたカメラを、優しく撫《な》でた。今日《きょう》、真嶋《まじま》を殺す為《ため》に、資料室から出しておい

たのだ。良かったわねえ綾《あや》ちゃん、と笑う。寿命《じゅみょう》が一日、延びたわよ？

ゆっくりと、崩れ落ちていく少女。恋人の血にその身を染め、少年はよろよろと膝《ひざ》をついた。泣くでもなく喚《わめ》くでもなく、そして服装を替えるでもなく。

放心した様子《ようす》で。

顔を上げ。

こちらを見た。

高久《たかく》は思わず目を逸《そ》らした。一瞬、目が合ったと思ったのだ。勿論《もちろん》そんなはずは無い。向こうは照明に照らされて真昼のように明るいが、こちらは電気を消しているのだ。見えるはずが無い。

だが。

視線を戻す。少年は少女の上に、覆い被《かぶ》さるように倒れこんでいた。やはり、こちらを見たのは偶然《ぐうぜん》だったのだろう。高久は左手を見た。少年を写した写真が、くしゃくしゃに握り締められている。さっき目が合ったと思った瞬間、反射的に握り潰《つぶ》してしまったのだ。

果たして彼は、どこまで知っていたのか。

どちらにせよ、もう遅いけど。

良かったじゃない、と心に呟《つぶや》く。恋人と一緒に逝《い》けるのだから。それも同じ死に方で。……どうせなら、同時に殺してやるべきだったかもしれない、なんて考える。だが、大事な人が死んだ時——理不尽《りふじん》な暴力に対する自分の無力さを悟った時、どんな反応をするか見てみたいという誘惑《ゆうわく》に、彼女は勝てなかった。

もっとも、その反応はつまらないものだったが。

あの表情。

目が合った時（勿論気《き》のせいなのだが）、コウはどんな表情もしていなかった。怒りも悲しみも、涙すら見せず、全くの無表情でこちらを見ていただけだった。（勿論、こちらを見ていた訳ではないのだろうが）だがその表情には、何か不思議な力があった。思わず目を逸《そ》らしてしまったほどの迫力が。

やはり、殺しておいて良かったのだ。

災いの芽《め》は、潰《つぶ》しておくに越した事は無い。

次は、真嶋《まじま》。

彼女も、いろいろな事を知りすぎている——。

誰《だれ》かの叫び声が聞こえ、高久は凄惨《せいさん》な笑みを浮かべた。そうよ、叫びなさい。救急車でも警察でも、何でも呼びなさい。でも誰にもどうにもできない、もう事件は起きたのだから。

いいえ、と、笑う。

事件が再び、始まったのよ——。

唐突《とうとつ》に照明が消えた。消灯時刻《じこく》になったのだ。光が消えたのを感じ、コウはうっすら目を開け、日奈《ひな》の様子《ようす》を確認した。

まだ温かい、身体《からだ》。

（……お前の勝ちだ、日奈。お前は）

俺は生きてる。

（悪魔《あくま》に打ち勝った。だから、次は）

日奈は死んでる。

（俺の、番だ。見ててくれ。……いや、見てなくていい。待っていろ――）

パトカーだろうか救急車か、サイレンの音が聞こえる。

急速に冷えていく感触の中、コウは乾いた目を空へと向けた。だが月も、星も、その瞳《ひとみ》は映さない――。

コウは虚空《こくう》へ手を伸ばした。

無を、摑《つか》む。

大勢の人の気配を感じ、コウは気絶《きぜつ》した振りをした。が、次の瞬間、意識は本当に、闇《やみ》の底へと落ちて、いった。

唇《くちびる》に、その言葉をかたどったまま――。

必ず、生き返らせてやる——。

第三幕　探偵退場／探偵誕生

1

病院にこそ運ばれたが外傷の無い（正確には多数の打ち身とこぶが見つかり、医者は首を捻《ひね》ってコウに質問したが転んだで通した。悪魔《あくま》に吹き飛ばされたなんて言える訳が無い）コウは、すぐに警察の尋問《じんもん》を受けた。が、何を訊《き》かれたか、コウはほとんど覚えていない。そうだ、確かカメラの事を聞かれた。何故《なぜ》そんな物持っていたのか？　エーと、なんて答えたっけ？　覚えていない。ただこれだけは覚えている。最後にコウは聞いたのだった。

「それで今、日奈《ひな》はどこに？」

何故そんな事を聞いたのか、コウ自身にも分からなかった。刑事達は顔を見合わせ、一人が日奈の死を告げた。そんな事は分かっている。腹を立て、コウはそいつに飛び掛かった。左《ひだり》親指を相手の右眼窩《みぎがんか》に突っ込みかき回しつつ、右手で側頭部《そくとうぶ》を殴《なぐ》る。後ろから羽交《はが》い絞《じ》めにされ、コウはそいつに後頭部《こうとうぶ》で頭突《ずつ》きをかまし急所をかかとで蹴《け》り上げた。羽交い絞めが緩んだ瞬間身体《からだ》を落とし、相手の顎《あご》にもう一発、後頭部をぶち当てる。

転げ回る背後の刑事の姿を確認し、コウはあらためて日奈の死を告げた刑事に襲《おそ》い掛かった。地力は向こうが上なのだ、不意《ふい》打ちの効いた今以外に、こいつを倒せるチャンスは無い！　倒れた相手の身体の上に椅子《いす》をかぶせてその上に乗り、両腕の自由を封じると、コウは刑事のネクタイを握った。絞《し》め殺すのに時間はいらない。見てろ、一瞬で――。

「コウ」

――穏《おだ》やかな、声。

「……やめるんだ、コウ」

コウは後ろを見た。

小鳥遊《たかなし》と、そして舞原姉妹《まいばるしまい》の妹の方の姿が見える。

コウは叫んだ。

「小鳥遊、こいつだ！　こいつが――」

「……その人が？」

「……こいつが……」

コウは刑事を見た。周囲を見た。そこは病院の仮眠室《かみん》で、コウの身体に血はついていなかった。血の味も、臭いも、冷たく張り付く濡《ぬ》れた感触もなかった。

ぐっ、とネクタイを握る手に力がこもる。

「……コウ」小鳥遊《たかなし》の、声。
コウは小鳥遊を見た。小鳥遊はナイフを取り出し、刃《は》を開いた。
左手に後ろ髪《がみ》を束ね、
ばっさりと切る。
「冬月日奈《ふゆつきひな》は、死んだ」
長い黒髪《くろかみ》が流れて落ちた。はらはらと。
解放されたネクタイが、はらりと刑事の顔にかかる。
「……そうか」
胸の奥で何かが壊れ、堰《せき》を切って溢《あふ》れ出す。
（……泣くな！）
コウは立ち上がり、小鳥遊の脇を抜けると、
扉《とびら》の外、病院の外へと走っていった。

それからどこをどう走ったか、コウは覚えていない。

気がつくと、……一人、公園のベンチに座っていた。

ぼんやりと、右手の作った拳《こぶし》を見ている。

月の光を受け、拳は血の気を失い真っ白になっていた。震える拳を眺《なが》め、いつ拳を作ったの

だろう、ほどこうとしたが、信じられない事に指の動かし方を忘れていた。はて、人差し指というのは、どうやって動かすものだったろう。考える。

仕方なく、左手で一本一本剝《は》がしていく。

恐ろしく力の入った拳《こぶし》は、もはや自分の一部とは思われない。何か別の生き物が拳に入って抵抗しているようだった。

ようやく右手を解放すると、月を背負い、コウはその場にうずくまった。涙が出そうになるのを、必死で押さえる。こらえる。

畜生《ちくしょう》、と呟《つぶや》く。

（よくも、よくも、こんな、ことが）

唇《くちびる》を嚙《か》む。血が溢《あふ》れ出す。生臭い味。

（できたな、畜生、お前は俺の目の前で）

忘れない、この屈辱《くつじょく》は。決して。

（日奈を殺した。俺の、前で）

拳を握り、嚙み、胸を破り暴れる嗚咽《おえつ》を押さえ込むと、コウは立ち上がった。下唇《した》と頰《ほお》の内側から嚙み取った肉片《にくへん》を舌で感じ、しばしその感触を転がし、味わい、飲み込む。

……まじゅい。

落ち着け。冷静になれ。

もしもお前が冷静だったら。
日奈《ひな》は救えたんだ。
その愚《ぐ》を繰り返すんじゃない。
(……そうだ、高久《たかく》を殺すのは簡単だ。後の事さえ考えなければ)
そんなのに何の意味も無い。
(お前が一番に、考えるべき事は何だ?)
日奈の復活。
(その為《ため》に、するべき事は?)
悪魔《あくま》に、会って――。
(落ち着け、冷静になれ――)

どれほどの時が過ぎただろうか。
ふと、空を見上げる。
昼間の雨もなんのその、月は明るく、煌々《こうこう》と照っていた。静かな、静かな月夜空《つくよぞら》――。
少なくとも、とコウは笑った。
死ぬには、いい夜だ――。

コウは立ち上がり、歩き出した——。

2

学校には入れなかった。あんなに人が多くては、悪魔だっていないだろう、ひょっとしたら家に戻っているかもしれない、コウは帰宅しようとしてふと考え、舞原邸《まいばるてい》に寄る事にした。

目的は、三束元生《みつかもとなり》の住むプレハブ。

三束元生（以降《部長》と表記する）は、名前などに意味は無いという事を悟った時期と前後して実家を勘当《かんどう》され、それ以降《いこう》舞原家の裏庭に住み着いていた。別に知り合いだった訳ではない。舞原家なら土地が余ってるだろうと思い押しかけて行ったら、裏庭の一角を貸してくれたのだという。

人徳《じんとく》というよりも、そういう星に生まれついた男なのだろう。

一応ノックした後、コウはドアを開いた。

「うむ、堂島《どうじま》コウ」

コウの姿を認め、《部長》は自分の場所を空けようとした。手を振って遠慮《えんりょ》する。

集まっているのは、四人。

机と本棚、布団《ふとん》以外何も無い殺風景《さっぷうけい》なプレハブの、中央に座っておんおん泣いているのが

《部長》、その隣で涙に顔をくちゃくちゃにしているのが舞原姉《まいばるあね》で、そんな姉を妹は全く無表情に抱《だ》き抱《かか》えていた。泣いてない。その後ろ、壁に寄り掛かって座り込んでる小鳥遊《たかなし》の、かつて長かったザンバラ髪《かみ》を見て、コウは胸がズキリと痛むのを感じた。小鳥遊は髪の毛以外はいつも通りの顔で、時折《ときおり》涙だけがぽろっぽろっと落ちている。

小鳥遊が顔を上げた。

視線《しせん》が合う。

コウは目を丸くして見せた。

「なんだよその髪……ひょっとして、失恋《しつれん》？」

ふ、と苦笑する小鳥遊。良かった、笑えるみたいだ。コウは少し安心した。日奈《ひな》との付き合いがコウより長いこの少女が、少し心配だったから。

視界の隅《すみ》で舞原姉が立ち上がりかけたのを、舞原妹《いもうと》が押し止める。

舞原妹に尋《たず》ねる。

「……あの後、どうなった？」

「病院の件は、不問に付して貰《もら》いました」

「……有難《ありがと》う」

「あなたの為《ため》ではありません。今回の事件について、あなたには色々と聞きたい事がありますから」

「ちょっと！」と、舞原姉の声。泣きながら、

「……冬月《ふゆつき》さん、死んだばっかりなのよ？　そんな……」

「構わないっスよ」

コウは辺りを見渡し、結局ドアの前に腰を下ろした。妹に抗議している舞原姉を眺《なが》める。

彼女がいるのは予想外だった。この場で一番泣いている舞原姉が、実は一番泣く理由がない。日奈《ひな》は舞原　妹《いもうと》とは（何故《なぜ》か）仲が良かったが、姉とは全く接点を持っていなかったのだから。

こいつは何でここにいるんだ？

舞原妹が視線《しせん》を遮《さえぎ》った。

「姉を睨《にら》まないで下さい」

「睨んでないよ。……睨んでた？　俺」

うんうんと、小鳥遊。

「お前は目付きが悪いからなぁ」

「……とにかく、死んだのは日奈で、俺じゃない。質問ぐらい答えられるって」

「ではうかがいますが」

舞原妹は全く無表情に、コウを見つめた。

「あなたが冬月を、殺したのですか？」

「ちょっ！」「おお」姉と《部長》から同時に声が上がる。

「その質問は抽象的《ちゅうしょう》だな」腕を組み、考えるふり。

「俺が殺したとも言える。勝手《かって》に死んだとも言える。そもそも死とは何であろうか……」

「……あなたの意識では？」

「……世間的には、じゃなくて？」

舞原《まいばる》妹《いもうと》は黙ってコウを見つめている。

コウは黙って両手を差し出し、『お縄《なわ》につく』ポーズを取った。

「……つまりあなたも、これは何らかの人為《じんい》が関《かか》わった事件だと考えているのですね？」

「……どーしてそうなる」

小鳥遊《たかなし》が口を挟んだ。

「ならばお前は、どう考えているんだ？　日奈《ひな》の事件を」

コウは答えなかった。舞原妹を見、

「警察は？　これが殺人事件で、俺を犯人だと？」

「……状況的には、あなた以外に考えられません。冬月《ふゆつき》が死んだ時、あの場にはあなたしかいなかった。何しろ照明に照らされた校庭、近寄る人影があればすぐに分かる。あなた方が二人きりだったのは二十七人もの目撃《もくげき》証言がありました。だから、犯行を行えたのはあなた以外にあり得ない。警察はあなたが冬月を殺し、その後、照明が消えた時、何らかの手段で凶器《きょうき》を隠したと考えています」

「……わーお」

「ただ……奇妙な事に、胸部に針で刺したような傷が確認され、死因はそこからの心臓刺突《しとつ》によるショック死と見られてますが、ブラウスにも下着にも針穴《はりあな》の痕跡《こんせき》がないようなのです。これが事実なら、つまり犯人は一度服を脱がせて針を刺し、その後血《ち》が噴き出す前に服を着せた、という事になります。それが何の為《ため》かはともかく、当然ながら堂島《どうじま》コウのそうした行動は目撃《もくげき》されていない。……キスはしていたそうですが」

「ほほう」と小鳥遊、「詳しく聞きたいな」

「……警察は、キスの時に服の下に手を入れて刺したのだろうと考えています。遠目《とおめ》にはそれが分からなかった、と。確かにそうとしか考えようがありませんが、それにしては日奈の着衣に乱れがない。そもそもそんな体勢で心臓に針を刺したにしては、傷の位置が高すぎますし」

コウは顔を上げた。

「……検死《けんし》は？」

「……実は、司法解剖《しほうかいぼう》はまだ行われていません。どうやら冬月の父親が待ったをかけているようです。娘の死体を切り刻むのは許さんぞ、と」

「ははぁ」「ふむ」日奈の父親を思い出し、コウと小鳥遊は頷《うなず》いた。しかし、そんな待ったをかけられるとは、さすが日炉理坂《ひろりざか》。

「検案《けんあん》だけで済ませて欲しいと、父の所にも警察に圧力をかけるよう、頼みの電話がありました」

「それじゃあ、日奈《ひな》の死体は」

「私としては、彼女の親よりもあなた方の意志を尊重したいと思います」

舞原妹《まいばるいもうと》の、ある意味ぞっとする言葉に、小鳥遊《たかなし》とコウが同時に答えた。

「解剖《かいぼう》にまわしてくれ」

「解剖にまわさないでくれ」

沈黙。

「……お前らしくないな、コウ。日奈は死んだ。死体は、単なる肉、物体だ。どうせ火葬《かそう》するのなら、少しでも役に立てたほうがいい」

少し考え、コウは頷《うなず》いた。

「……そうだな。解剖に送るのは構わないけど、舞原妹、あのさ」

舞原姉《あね》が泣き顔に、憮然《ぶぜん》とした表情を足してコウを見た。しまった、舞原姉は舞原姉と呼ばれるのを嫌う。そして妹が舞原妹と呼ばれるのも嫌がるのだ。妹は全然気にしてないのだが。

ええと、なんて名前だっけ、きんぎん、まなかな？　メアリとアシュレイ、米国の双子《ふたご》子役スターの名前は思い出せても舞原姉妹《しまい》の名前は思い出せなかった。ええと。

「……舞原サン、できれば、その、解剖するのは一日待ってくれないか？　できる？」

舞原妹は頷いた。小鳥遊の目が細くなる。

「何故《なぜ》だ？　それに何の意味がある？」

「後で話す」

小鳥遊はコウを見ながら、しかし追及《ついきゅう》しようとはしなかった。ポケットからハーブを取り出し、咥《くわ》え、

「……《ザ・ブルマ》事件と酷似《こくじ》してるな」

「そういえばそうね」と、舞原姉。泣きながらも、しっかり話は聞いていたらしい。妹を見、

「高久《たかく》先生はその時、どこにいたの？」

「高久はその時……」

高久、の名を聞いた途端《とたん》、腹の底からマグマのように熱い何かが噴出《ふんしゅつ》しかけ、コウは両手で頬《ほお》を思いっ切り押さえて顔を両側から潰《つぶ》し、叫んだ。

「あっちょんぶりけ！」

「なんですって？」

後ずさる舞原姉。

「姉を驚かさないで下さい」

妹は全く驚いた素振りを見せず、姉の肩を抱いている。姉に邪険《じゃけん》に振り払われても、その表情に動じたところはない。舞原妹は常に無表情で、感情を顕《あらわ》すことがない。そのキャラを意識してのものだろう、腰をも超える長い髪《かみ》、前髪は切り揃《そろ》え、まるで日本人形のようなその容姿

は、存在するだけで静寂《せいじゃく》と孤独に満ちた空間を出現させる。たまに《巫女《みこ》さん》とか呼ばれたりするのも、その容姿と雰囲気《ふんいき》ゆえだ。

ちなみに姉は《姫《ひめ》さん》だったりする。

「高久《たかく》には完全なアリバイがあります」

まだ涙の残る姉の顔をハンカチで拭《ぬぐ》いながら（姉は露骨《ろこつ》に嫌がって顔をふっている。こうした情景を見ていると、どちらが姉だか分からない）舞原妹《まいばるいもうと》は答えた。

「なにしろ四十分近く、彼女を見張っていた人物がいましたから」

「……誰《だれ》だ？」

「葉切洋平《はぎりようへい》」

小鳥遊《たかなし》はコウを見、

「……お前のパシリか」

「俺は他人をパシらせたりしないって」

下唇《したくちびる》を突き出したコウにあらためて向き直り、舞原妹は口を開いた。

「……彼は今警察にいて、誰《だれ》に頼《たの》まれたか口を閉ざして告げようとしません。そして、ここに今回の事件を人為的《じんい》なものと思わせる謎《なぞ》があります」

「もうちょっと簡単に言ってくれ」

「……堂島《どうじま》コウ、答えて下さい。何故《なぜ》冬月《ふゆつき》は死んだ時、高久のカメラを持っていたのですか？」

「……」しまった、忘れてた。

「カメラ、だと?」立ち上がりコウを一瞥《いちべつ》、舞原妹に詰め寄る小鳥遊《たかなし》をぼんやり見つめ、コウは口元《くちもと》を斜めにした。

小鳥遊は気づくかな?

小鳥遊が詰問《きつもん》する。

「どういう事だ?」

「……冬月は死亡時、木製のカメラを持っていました。正確にはカメラに似せた木箱で、中には砂袋《すなぶくろ》が二つ。所有者は高久《たかく》で、二カ月前に知り合いに作らせた事を認めています。資料室に置いていた事も。そしてこれは未《み》確認ですが、山崎《やまざき》が似たようなカメラを持っているのを見た、という情報も警察に入っています。

そして冬月とあなたは葉切に高久を見張らせて、その間に郷土《きょうど》資料室に行き、カメラを盗み出した。……それは一体、何故なんです? あのカメラは、何なんです?」

全員がコウに注目する。

コウは頭を掻《か》いた。

嘘《うそ》をつくのは簡単だ。

だが何故だろう、

嘘《うそ》はつけなかった。

だから言った。

「……ヒ・ミ・ツ♪」

誰《だれ》かが口を開く前に、慌《あわ》てて言う。

「《ザ・ブルマ》事件のほうは？　何か進展はあったのか」

小鳥遊《たかなし》が吐き捨てた。

「ああ、あったさ。今回の事件だ」

「今回？」

「分からないか？　《ザ・ブルマ》を殺したのが高久《たかく》であれ誰であれ、もはや事件は立証《りっしょう》できない。何故《なぜ》なら《ザ・ブルマ》事件と日奈《ひな》の事件、ついでにペット連続変死《へんし》事件は同じモノかもしれないからだ。解剖《かいぼう》され死因も同じという結論が出たら、《ザ・ブルマ》が殺された事を立証するには日奈が殺された事をも立証しなければならなくなる。日奈の死が殺人だという事が立証できない限り、《ザ・ブルマ》殺しも立証はできないのだ。そして、それは立証できないだろう。死体に傷はあっても服にはなく、凶器《きょうき》もなく、そもそも誰も近寄ってないという、こんな状況ではな。心臓刺突《しとつ》という死因は殺人を示し、状況はそれを否定している。……畜生《ちくしょう》、誰かが魔法を使ったとでもいうのか？」

コウを見る。睨《にら》んでいる。

沈黙。

「……分からないな、小鳥遊ジョウ」

しばらくして、《部長》が口を挟んだ。涼《すず》やかな目元《めもと》からぽろぽろと涙を流しつつ、

「冬月《ふゆつき》日奈が殺人なら《ザ・ブルマ》も殺人、しかし冬月日奈が殺人ではないのなら、《ザ・ブルマ》も殺人ではない、そういうことか」

「……そうだ」

「なら何故《なぜ》君は、いやみんな、冬月日奈は殺された、という前提《ぜんてい》で話をしているんだ？　状況から考えても、冬月日奈が殺された可能性はないんだろう？　なら冬月日奈は殺されてない、《ザ・ブルマ》も殺されてない。そういうことじゃないか」

「ふざけるな！」

小鳥遊が立ち上がった。

それまでの平静ぶりをかなぐり捨て、叫ぶ。

「こんな、こんな死に方があるものか！　日奈は、日奈は誰かに殺されたんだ！　それも、もっとも卑劣《ひれつ》な手段でっ！」

切ったばかりの不揃《ふぞろ》いの髪《かみ》が、怒りに震えて揺れている、仁王立《におうだ》ちの長身。

恐怖のあまりコウは叫んだ。

「きゃあああああああああああああああああああああ！」

……全員がコウに注目する。

「……悪い。ホラー映画を思い出して、つい。続けてくれ。ほらー、叫んだところから」

「だからっ！」

心なしか赤面《せきめん》し、再び怒鳴《どな》り始める小鳥遊《たかなし》。

「別に決めつけるつもりはない！　殺人でなければそれでいいっ！　ただ私はっ、日奈《ひな》が何故死んだか知りたいだけだあっ！」

それだけ叫ぶと、静聴有難《せいちょうありがと》うと呟《つぶや》いて座った。コウを見、渋面《じゅうめん》を作る。

「そうか、何故《なぜ》死んだか知りたいのか」

小鳥遊に怒鳴られたショックだろう、青褪《あおざ》めた顔で《部長》は頷《うなず》いた。この男は人一倍、こーゆーのに弱い。

「それなら分かる」

「それだけではありません」と、舞原妹《まいばるいもうと》、コウを見、

「話を戻しますが、カメラが問題です。冬月《ふゆつき》はカメラを持って変死し、同じように変死した山《やま》崎《ざき》もそのカメラを持っていたかも知れず、そのカメラは唯一《ゆいいつ》の容疑者である高久《たかく》と何か関係がある」

「ほほう。どういう関係が？」と《部長》。

「……それは分かりません。ただ、高久が何故カメラの模型なんて作らせたのか、何故冬月は模型なんか盗み出したのかを考え、そして冬月の死に方を考えた時、私は思うのです。……コ

ウ、あなた達はよく、衆目《しゅうもく》のある場所でキスしたりするのですか？」
「しねーよ」とコウ。小鳥遊も、

「日奈はそんな事はしない」

「そうですね。私の知る冬月もそうです。だから私は、あの冬月がそんな事をしたのは、自分が死ぬ事を悟っていたからではないかと思うのです。ならば何故、分かったのか？

それは、失敗したから。

……冬月が盗みたかったのは、模型ではなく本物のカメラだったのではありませんか？」

コウはぽかんと舞原妹を見た。小鳥遊も驚いた表情で、日奈と仲の良かった能面《のうめん》のような少女を見ている。

「……それは……」

「もし冬月の死が人為《じんい》的なものなら、何故コウは助かったのでしょう。コウと冬月の差異《さい》、それを考え、事件にカメラが関《かか》わっている事を考えると、もう一つ無視《むし》できない事実があります」

「……何？」

「写真、です。山崎の部屋からは、多量の女生徒の隠《かく》し撮《ど》り写真が見つかってます。その中には——当然ですが——私や姉、小鳥遊、そして冬月の写真もありました」

「何で当然？」

「可愛《かわい》いからです」

冗談《じょうだん》を言っている様子《ようす》はなく、コウは、さすが、と心の中で嘆息《たんそく》した。

「山崎《やまざき》は、男子の写真は撮っていなかった。つまり冬月は写真を撮られ、コウは撮られていなかった。そして冬月《ふゆつき》だけが変死した」

「待ってよ！」舞原姉《まいばるあね》が割り込んでくる。

「写真のせいで日奈《ひな》さんは死んじゃったって事？」

「……分かりません。が、私が隠《かく》し撮《ど》りされている事を教えた日に冬月はカメラを盗もうとし、しかも死ぬ時、自分が死ぬ事を分かっていたふしがある。自分の死と、写真を関連付けていたとは思えませんか？

私の考えはこうです。

山崎は、写真に写した人物に超常《ちょうじょう》の力を行使できる超自然のカメラを持っていた。それを知った高久《たかく》はフェイクを作ってカメラをすり替え、それで山崎を殺した。その事に気づいた冬月はカメラを盗もうとしてフェイクを摑《つか》んでしまい、高久にバレて殺された」

コウは嘆息《たんそく》した。小鳥遊《たかなし》を見る。が、何も言わないので仕方なく口を開いた。

「……面白い推理だが、よんじゅってんだ。都合《つごう》が良過《よす》ぎる」

「推理ではなく推論です。荒唐無稽《こうとうむけい》なのも承知しています。ただ、山崎、そして冬月の死が尋《じん》常《じょう》でない以上、リスクを犯すつもりはありません」

「リスク？」と《部長》。

「……もしもこれが人為《じんい》的なものなら、隠《かく》し撮《ど》りされた生徒は危険だ、という事です。私も姉も、小鳥遊も……その可能性がある以上、どんなに荒唐無稽《こうとうむけい》と言われても持論を無視《むし》するつもりはありません」

「……ちょっと待って？　あたしも殺されるかもしれないっていうの？」

「大丈夫。そういう事にはなりません」

姉の腰に手を回し、抱き寄せる。

姉も今度は大人《おとな》しく、されるがままだ。

《部長》は腕を組んだ。

「ふーむ。それは確かに問題だな。……僕の部員が四名も次々殺されて、世間に、僕は部員が殺されても何もしない、僕の部員は殺し易《やす》いなんて噂《うわさ》が流れたら大変だ。今後、どんどん僕の部員が殺されていく事になる」

それはいったいどんな世間だ。

「……ですから、私達は日奈の死が他殺《たさつ》か——珍しい偶然《ぐうぜん》か、はっきり知る必要があり、他殺なら犯人を知る必要があります」

「……知ってどうするんだ」

コウは、姉に構っている舞原妹《いもうと》を見た。

「舞原の権力にモノをいわすか」

そんな事しないわよ！　と舞原姉《まいばるあね》は怒ったように言い、妹を見て、あたしは、と付け加え、身体《からだ》を離した。平然《へいぜん》と権力を行使する妹とは違い、姉はいっつも自分の権力嫌《きら》いをアピールしている。

享受《きょうじゅ》しているのは同じだが。

正直、コウはこの双子《ふたご》が嫌いだ。とは言っても人間性がどうとかではなく、単に権力持ちが嫌いなだけなんだけど。

しばらくコウを見つめ、舞原 妹《いもうと》は尋《たず》ねた。

「……あなたならどうします？　冬月《ふゆつき》を殺した犯人を」

「いいか？　たとえ恋人を殺されたって、復讐《ふくしゅう》したりはしない、犯人と同じレベルになる事なく、あくまで法と正義に則《のっと》り犯人を司法《しほう》に引き渡し、民主主義に裁きを委《ゆだ》ねる、それが正しい正義のヒーローってもんだ。なぁ」

小鳥遊《たかなし》に同意を求める。が、小鳥遊は頷《うなず》かず、

「で、お前は正義のヒーローなのか？」

うん、実にいい質問だ。

「とにかく、犯人がいるとしたら、そいつは警察に引き渡すべきだ。いいな？」

「犯人が分かるなら、そうしましょう」

舞原妹は頷《うなず》いた。

「だから教えて下さい。……あなたは何を、何故《なぜ》隠しているんです？」

「ひみちゅ♪」

「……それで済むと思いますか？」

「……済まない。でも、今はまだ話せないんだ。……明日《あした》まで待ってくれ。明日は、必ず話すから。そう、明日の夜にでも」

小鳥遊は、依然《いぜん》としてコウを見ている。舞原妹の視線《しせん》もそれに加わる。姉も。

「……コウ、お前、おかしいぞ。一体《いったい》何を考えている？」

「確かに、いつもよりおかしいです」

「そうよ！　絶対おかしい！」

「おかしいのも当たり前だ」

《部長》が涙《なみだ》混じりに声を上げた。

「恋人が死んだんだ、おかしくもなるさ。普段《ふだん》からおかしい奴《やつ》だ、より一層《いっそう》おかしくなっても不思議じゃない。少しぐらいおかしくたって、笑って許してやろうじゃないか。

……ああ」

ぶわっと涙があふれ出す。

「冬月日奈とは、もう会えないんだなぁ」

すすり泣きが、寂しいプレハブを満たす。

やがて《部長》のそれに、舞原姉《まいばるあね》の泣き声が加わった。小鳥遊《たかなし》は壁にもたれ掛かり、泣きこそしないが目をつむっている。この無防備さ、さっきは激昂《げきこう》して怒鳴《どな》ったり、いつもの小鳥遊ならあり得ない状態だ。

ダメージが、大きいのだろう。

コウは三人の様子《ようす》をうかがい、立ち上がり、ただ一人無表情《むひょうじょう》の舞原妹《いもうと》に近づいた。小声で、

「後で電話したいんだけど」

舞原妹はブレザーのポケットから名刺（ゲーセンで作れるやつ）を取り出した。

「ありがと。……帰ったら電話する」

「……今では不都合《ふつごう》なのですか」

「他の奴《やつ》らに、聞かれたくない」

ふとそこで思い出し、尋《たず》ねる。

「……なぁ、『人を呪《のろ》わば穴二つ掘れ』……って、何？」

「他人を呪うという事は、自分を呪うという事、です。……それが何か？」

「……いや。じゃ、後で電話するから」

無表情に頷《うなず》くと、舞原妹はまるで何も無かったように、こちらを見ている小鳥遊の方へ歩いていった。何か話している。

ひょっとして、注意を逸《そ》らしてくれているのだろうか。

ここでの用は終わった。

コウはそっとプレハブを出た。

ドアを閉めると、忽《たちま》ち泣き声は聞こえなくなる。遮断《しゃだん》される。

ふと思う。何故《なぜ》出て行く？　ここに残り、わんわん泣いてりゃいいじゃないか。少なくとも、小鳥遊の慰《なぐさ》めにはなるだろう。多分《たぶん》俺にも。きっとすっきりするだろう、この胸のモヤモヤも、消えてくれるかもしれない。

コウは舞原邸《てい》から出、辺りを見回した。

月と、星空。眼下に広がる、闇《やみ》と、人の営みの明かり。

丁度《ちょうど》坂の頂上に、舞原邸は存在する。ここから望める下の闇は小学校、さらにその先に住宅街と商店街が星のように瞬《またた》いている。ここから麓《ふもと》までの全長一キロ余の坂、そしてその周囲の（舞原所有の）雑木林《ぞうきばやし》は、子供の頃《ころ》のコウの遊び場であり、妹が消えた場所でもあった。

市名の由来《ゆらい》、日炉理坂《ひろりざか》。

妹は、ここで消えた。あの時の自分は子供で、ただ宇宙人にさらわれた、なんて繰り返すだけで、何もできなかった。もしもっと大人《おとな》だったら、何かできていたかもしれない、少なくとも、宇宙人がさらっていった、なんて家族さえ信じないようなバカな事、口にはしなかっただろう。気球を見たとかヘリを見たとか、もっと気の利いた事が言えていたら、警察もコウの言葉をバカにせずに空を捜したり航空自衛隊を緊急《きんきゅう》配置してくれたりして、妹は見つかっていたかもしれない、なんてのはくだらない自虐《じぎゃく》だけれど。
今の俺は、あの時みたいな子供じゃない。
日奈《ひな》は必ず助けてみせる。
コウは空を見た。
行きは前方にあった月を、帰りは背後にする事になる。
せいぜい、後押ししてくれよ。
なんて詩人に浸《ひた》ったりして。
コウは歩き出した。

3

坂のとば口辺《くちあた》りで、その声は聞こえた。
「待ちなさいよ！」
よく言えば明るい、悪く言えば艶《つや》のないキンキンとした子供声。
振り返らなくとも誰《だれ》かは分かる。
舞原姉《まいばるあね》だ。
意外だった。誰《だれ》かが追いかけて来るとしたら、それは小鳥遊《たかなし》だろうと思っていたのだ。

舞原姉《まいばるあね》が出て来るとは。

コウは脱兎《だっと》の如《ごと》く走り出した。

「あっ、こら！　あんた！」

重力の命じるままに、坂を駆け降りるのはなかなかの快感だ。冷たい空気も気にならない。冬の空間を、身体《からだ》一つで切り裂いていく。

……だがそんな爽快感《そうかいかん》も、後ろを振り向くまでだった。うわぁ、なんとあの女、凄《すさ》まじい形相《ぎょうそう》で追いかけて来るではないか。

本能的な恐怖が頭の中でスパークする。

コウは本気で逃げ出した。

しかし坂の中途を過ぎても、まだ彼女は追って来ていた。かなり疲れている様子《ようす》で、いい加《か》減《げん》距離も離れているのだが、諦《あきら》める気はないらしい。ああ、危なっかしい、お嬢《じょう》様は知らないだろうが、坂は登りより下りの方が危ないのだ。仕方なくコウは、舗装《ほそう》された遊歩道から雑木《ぞうき》林《ばやし》に入った。こちらなら土だから、転んでもそうダメージにはなるまい。

逃げ続ける。多少速度を落としつつ。

ようやくコウが捕まったのは、それから五分後の事だった。

「あっ、あ、あんたね……」

ぜいぜいぜいと、乱れた呼吸は全力疾走《しっそう》した証《あかし》。コウは少し、舞原姉を見直した。

「待てって言ってるのに、何で逃げるのよ」

半泣《はん》きで、コウを睨《にら》みつけている。

「そうは言うがね、お嬢さま。夜道で一人っきりの時、待てなんて言われたら、逃げることをお勧めしますがね」

余程《よほど》いーもん食ってるのだろう誰《だれ》もが認める日炉理坂《ひろりざか》高一の美少女は、わはは、涙と途中で転んだせいで、思いっきりのブチャイク顔になっている。もっとも、泣いてる女性はコウの目には大抵不細工《たいていぶさいく》に映るのだが。

妹に比べ、姉の髪《かみ》は肩までもない。本当は伸ばしたいらしいのだが、妹とカブるのが嫌らしい。妹はブレザーを着ていたが、姉はパジャマにウインドブレイカーを羽織《はお》っただけだった。足もつっかけ。よくこんな格好《かっこう》で追いかけて来たなと感心する。

「あたしの声、分からなかったの？」

「姫《ひめ》の声だと分かってたら、止まったさ」

……そう、そうね、と舞原姉は頷《うなず》いた。

まさか本気にしたのだろうか。

コウは頭を掻《か》いた。

「……ごめん。……で、何か用？」

舞原姉はしばらく肩で息をしていたが、ようやく呼吸を整え、コウに怒鳴《どな》った。

「何で帰っちゃうのよ！」

「何でって、もう用は終わったし」

「……いったい、何なのよ！」

声が一段高くなる。

「死んだのは、冬月《ふゆつき》さんなのよ！　あんたの、恋人だったんでしょう！」

「うん」

「うんって、あんた、何なのよ、その反応！　悲しくないの？　死んだのは、あんたの恋人なのよ！」

ひとりでに、拳《こぶし》が形を作った。

「……言いたい事は、分かった」

「分かってないわよ！　何よその言い方！　どうしてそう、平気でいるのよ！　恋人が死んだのに、涙の一つも見せられないの？　あんた、それでも人間！」

「黙れ」

決して怒鳴《どな》った訳ではなく、むしろ感情を込めず平坦に言ったつもりだったが、舞原姉《まいばるあね》はびくっと震えて言葉を止めた。

「ちょっとごめんな、えーと」

落ち着け、冷静になれ。

物凄《ものすさ》まじい怒りに、視界《しかい》が赤く染まっていた。メノマエにいるニンゲンをコロセルようなキさえする。コウは口を開いた。なるほど、確かに俺は泣いてない。だがお前はどうなんだ？　日奈《ひな》の事を知らないお前が、どうしてそんなに泣けるんだ？　お前は結局、日奈の為《ため》に泣いてる訳じゃないんだ、人が死んだら悲しい、そんな常識に便乗《びんじょう》して、自分の為に泣いてるんだ、泣いて、泣きに酔《よ》って、日奈の死を利用して自分を満足させているだけなんだ、そう言ってやりたいのを、必死で堪《こら》える。

身を焦《こ》がす怒りの中で、思考は冷静に回転していた。舞原姉を傷つけるのは簡単だ。自分なら、致命的な傷を彼女の心に刻んでやれる。だが、そうすれば舞原妹《いもうと》は黙っていないだろう。妹を敵にまわす訳にはいかない。彼女には、今後とも協力して貰《もら》わなければならないのだから。

「……確かに、ちょっと冷たいかもな」

ようやく、コウはそれだけ口にした。

「そうよ、絶対冷たいわよ！　それじゃあ、冬月さんが浮かばれないわ！」

少し威勢《いせい》は下がったが、それでも舞原姉は居丈高《いたけだか》にコウを詰問《きつもん》してくる。

コウは深呼吸した。落ち着け、冷静になれ、少なくとも、舞原姉が日奈の死を泣いてるのは確かなのだ。アジアのどっかでは、葬式の時わざわざ《泣き女》なるものを雇って泣いて貰うのだという。舞原姉はそれを無料でしてくれているのだ、そう思えば腹も立たない、ともいえないが、とにかく、舞原姉は善意でこんな事を言っているはずなのだ。

舞原《まいばる》の姫様《ひめさま》らしい、傲慢《ごうまん》な無邪気《むじゃき》さで。

決して、傷つけようとは思っていないはずだ。傷ついたけど。が、傷ついたからといって、傷つけ返すのはどうだろう。

「何とか言いなさいよ!」

「何とか」

ギャグのつもりだったのだが、舞原姉《あね》は笑わず怒らず、「何とか」に続く言葉を素直に待っている。コウは頭を掻《か》いた。

えーと。

「舞原あ、ね、……姫さんは、俺の妹の事、知ってるよね」

意識せず、そんな言葉が飛び出した。

「……ええ。宇宙人にさらわれたって」

「でもさ、俺、その時の事、全然覚えていないんだ。それどころか、妹がいたって事さえ記憶《きおく》にない」

「……」

「事件の一年後くらいかな、自分が大泣《おお》きしたのを覚えてる。それが、俺の思い出せる一番古い記憶《きおく》なんだ。確か親に、もう妹の事は忘れろとか言われたんだ。俺はあの頃《ころ》、妹の事で何か言われただけで暴れ回っていたみたいで、だから親もそんな事を言ったんだろうけど、とにかく、その時俺は泣いた。すんげー泣いた。何で泣いたかは分からない。親の言葉のせいか、妹が見つからないからか。何もできない自分に腹を立てていたのかもしれない。その全部かもしれないし、どれでもないかもしれない。とにかく、俺は大泣きした」

コウは視線《しせん》を外し、後ろを向いた。何か舞原姉以外の対象を探し、月を見、結局《けっきょく》視線は真っ黒い地面に落ち着いた。人の顔を見て話せる話じゃなかったし、月を見上げて話すのもカッコつけかなと思ったから。

「その時いきなり忘れた訳じゃない。しばらくは覚えてた。と思う。けど段々と忘れていって、……中学に上がる頃には、事件はおろか妹の顔さえ思い出せなくなった。知識はあるけど記憶がない。分かるかな、言ってる事。心理学の本によると、人間には嫌な記憶を封印《ふういん》する防衛機能があるそうだけど、そんなドラマチックなんじゃなくて、俺の場合は何というか、何十年も時が経《た》ったみたいに自然に、徐々に忘れたんだ。よく言うだろ？　時が癒《いや》してくれるって。そんな感じで」

「でもそれは、良い事でしょう？」

コウはしばらく沈黙した。

「……それで俺、思ったんだ。俺が事件を忘れちゃったのは、もしかしてあの時《とき》大泣きしたせいじゃないかって。ほら、あるだろ、他人に話すだけで楽になったり、泣いたら楽になったとか、そーいうの。俺はあの時泣きに泣いて、涙と一緒に流しちゃったんだ、辛くなるような事全部、記憶《きおく》ごとまとめて」

「……うん。そういう事、あると思う」

「だから母親が死んだ時、俺は決めた。大事な人が死んだ時は、絶対に泣かないって」

息を呑《の》む音。

「そんな」

「どんなに辛い記憶でも、その人を忘れるよりはいい。泣くことで気持ちが晴れて、代わりに記憶が薄れるんなら、俺は泣かないで、その分だけでもその人の事を覚えていたいんだ。それがどんなに辛い記憶で、胸を重苦しくするようなものでも、俺には、忘れるよりはいい。だから」

月を見る。冬の月だ。冬月《ふゆつき》。なんて。

「日奈《ひな》が、……死んで、俺は、俺だって、悲しいし、辛い。君にはどう見えるとしても。そして、……これがピークじゃなく、これからますます強くなるものだってのも分かってる。母の時で経験したし。けど、でも、俺はこれからも泣かない」

こみ上げてくるものがあり、コウは一瞬《いっしゅん》言葉を詰まらせた。

「……ってゆーより、泣くのが怖い。泣いたら泣いた分、楽になって、その分日奈《ひな》を忘れそうで。俺は、忘れたくない。苦しくても、日奈の事、絶対、絶対に忘れたくない。だから、絶対に泣かないんだ。泣かないで、そうして俺は日奈の事、ずっと覚えているんだ」

話を終え、コウは口を閉じた。雑木《ぞうき》の中を風が吹く、かさかさという音が聞こえた。舞原姉《まいばるあね》の反応を待ったが、聞こえるのは風の音だけ。

突然、恥ずかしくなる。うわぁ、なんで話しちまったんだろう、こんなの、日奈にも話した事なかったのに。

顔が赤くなる。

今、舞原姉はどんな顔をしてるんだろう。

「わはははは」コウは笑い声を作った。

「ま、その、言わば俺のジンクスなんだな。科学的な根拠《こんきょ》もないし。……とにかくそーゆー訳だから、勘弁《かんべん》してってゆー事で」

振り返る。

舞原姉を見る。

彼女は、真っ白な顔をしていた。

さっきまで赤く上気していた頬《ほお》は、涙の跡も汚れも無い。月の光に彩《いろど》られ真っ白に光るその顔は、控《ひか》え目に見ても美しかった。黒目の大きい濡《ぬ》れた瞳《ひとみ》は、ただただコウを映しているのみ。

哀《かな》しむでも怒るでもないその表情。

コウは、……目を離せなかった。

風が吹き、頬を撫《な》でる。

さらさらと、枯《か》れた葉が鳴る。

月には確かに魔力があり、
夜には確かに魔法があった。

闇《やみ》の中、月の光に輝く少女。

緩やかな風が吹き、少女の髪《かみ》を揺らしていく。月光の下でその髪が、一本一本までくっきりと見える気がする。

月の冷たく白い光は、木も草も彫像《ちようぞう》と化し、夜の世界、造《つく》られた風景の中、少女はコウを見つめている。

少女の
眼窩《がんか》から、涙の残滓《ざんし》が一粒《ひとつぶ》落ちた。

つっ、と。

風が吹く。

さわさわという音を耳にしながら、コウはしばらく、少女に見とれていたのだった。

4

今日《きょう》が終わる十分前、コウは帰りついた。

ドアの前に、悪魔《あくま》の少女が眠っていた。思わずほっとする。目尻《めじり》の辺りに涙の跡。辺りを見

回したため息をつくと、コウは少女を抱え上げ、

「痴漢《ちかん》！」

呼ばわりされ横面《よこつつら》を張られた。

「あっ、コウ、さん……？」

てめぇ、と言いかけた口が、少女の泣き顔に止まる。

むぎゅっとしがみつかれ、コウはうめいた。

「な、何を……」

「あたし、信じてました！　犯人は必ず現場に戻るって！」

何をどう、信じてたのやら。

コウは少女を引き剝《は》がし、床に下ろし、頭を撫《な》でた。

「……悪いな、遅くなって……てゆーかお前、まだ俺を疑ってるのか？」

ふっふっふと、少女。

「……残念ながら小鳥遊《たかなし》さんの推理は、《ピンホールショット》では不可能でした。サンプルによると、写真の写真、あるいは鏡に写した映像では、呪《のろ》いは効果を発揮しないようなのデス。ああ、では犯人はどうやって？　と絶望したヤサキ、あたしは気がついたのでした！」

「何を」

ばーん！　と言って、少女はコウを指差した。

「カメラの設置、それならコウさんにも犯行は可能ではないですか！」

百歩譲《ゆず》って悪魔《あくま》は存在するとしても、こいつは本当に悪魔なのだろうか、そんな思いを込めてコウは少女を見た。少女は誇らしげにふんぞり返り、

「それに気づき、あたしはこうして張り込んでいたのです！」

コウはため息をつき、ドアを開け、ふと気づいて少女に尋《たず》ねた。

「……お前、ねぐらは？」

「……ありません」慌《あわ》てて言い足す。「あたしは悪魔ですから、野宿も全然平気《へいき》なのデっ」

くしゅん、とくしゃみ。

コウはじとっと少女を見た。

「本当です！　あわよくば泊めて貰《もら》おうとか、温かい布団《ふとん》で寝たいなんて考えて待っていた訳じゃありません！」

「……そりゃ残念だ。俺はあわよくば泊って貰おうとか、温かい布団で寝かせようと思って待たせてたのに」

「……本当ですか？」顔を輝かせて、少女。

本当だよ、と心の中で呟《つぶや》く。

捜す手間が省けてよかった。

お前とは、大事な話があるからな。

家に入る。寒い。ガラスが消え吹きっさらしの窓の様子《ようす》にあらためてがっくりする。振り返り、廊下からモジモジしながらこちらをうかがっている少女に手招きし。

コウは悪魔を部屋へと招き入れた。

一通《ひととお》り部屋を案内し、寝室の電化製品に『絶対触るな見るな近寄るな』と厳命《げんめい》した後、コウは携帯《けいたい》を取り出し電話をしようとし、隣にちょこん、と座っている少女を見た。

「……何です？」

「……いや」

寝てろ、と言いかけやめる。こいつとは今夜中に話しておかねばならない。ちょっと考え、言う。

「お前、風呂《ふろ》に入れ」

「あたしは悪魔《あくま》ですから、お風呂は」

「アクマだろ～がシロクマだろ～が、入れったら入れ。だいたいお前、臭いぞ」

「……入ります」悪魔も女の子であるらしかった。

シャワーの使い方を教え、《温泉の元》を渡す。

「いいか、まずはシャワーで身体《からだ》を良く洗うんだ。終わる頃《ころ》にはお湯が溜《た》まってるから入ってよく温まる。これを入れればお肌もしっとり、腰痛も治る。……四十分は出てくるな」

「頑張ります！」

じゃーっという水音を確認し、コウは携帯《けいたい》に指をかけ、恐ろしい事に気がついた。

財布《さいふ》を掴《つか》み、慌《あわ》てて浴室の前に走り、水音に打ち消されないよう叫ぶ。

「おーい、……お前、羽《はね》以外の魔法は使えないんだよな～？」

「ハーイ、使えませんよ～」

「……もう服、脱いだ～？」

「……お湯、使った？」

「脱ぎましたよ～？」

「い～い心持ですぅ～」

コウはうめいた。どうしよう。取《と》り敢《あ》えず洗ってあるＴシャツとジャージを浴室の前に置き、さらに洗ってあるトランクスを出して、迷い、戻し、買い置きの新品を出し、やっぱり戻して、ため息をつき、部屋を出た。自転車に乗り、少し離れたコンビニに向かい、そこで女性用下着を買う。二度とここには来ないぞと心中呟《つぶや》きながら家に戻ってそれを包装のまま浴室の前に置いて、コウはようやく舞原《まいばる》妹《いもうと》に電話をかけた。

一《ワン》コールで舞原妹は出た。

「用件は？」第一声から舞原妹節《ぶし》に、なんとなく安心する。

「……今、一人？　小鳥遊《たかなし》達は？」

「私は今、外に出ました。小鳥遊と《部長》はプレハブの中でディベートをしています。他二人、みークルの部員が来ています」

「……ディベート？」

「テーマは『《ザ・ブルマ》は本当に《ザ・ブルマ》だったのか』」

「……ああ？」

「《部長》に言わせると、山崎《やまざき》はブルマ好きではなかったそうです。何故《なぜ》なら、山崎の部屋から見つかった写真には、ブルマ姿を写したものが一枚もないから」

「そりゃ、うちの学校はスパッツだもんよ」

「小鳥遊もそう言って反論しましたが、形勢は不利ですね」

「そりゃ小鳥遊は、悔しいだろうなあ」

小鳥遊は《部長》と話し方がカブっているせいか、いつも《部長》と張り合っている。

「本当のブルマ好きなら、例え近くに被写体《ひしゃたい》がいなくても何処《どこ》かで写真を撮っているはずだ、というのが《部長》の見解です。それに、かつて《部長》は山崎にブルマについて語ってもらったそうですが、話題が三十分も保たなかったとか。本物のマニアなら、一日中でも語っていられるはずだ、だから山崎は本物のブルマ好きではなかった、と」

「……なるほど、とは思うが、じゃあなんで《ザ・ブルマ》は、ブルマ好きなんて変態《へんたい》のふりをしてたんだ？」

「人気取りではないかと」

「……ブルマ好きをアピールして？」

「うちはスパッツですから、実害はありません。実害さえなければ、欠点は人間性と親近感を演出する小道具になり得ます。私の見たところ、山崎《やまざき》は確かに《ザ・ブルマ》と呼ばせる事で、生徒から親近感を得ていたようですし」

「……それが本当なら、あいつは恐るべき奴《やつ》だったんだなぁ。……でもそれ、結果論だろ？いくら何でも、ブルマ好きのふりで人気取りってのは、どーかなー。マイナス面の方が大きい気がする」

「小鳥遊《たかなし》はそれを反論の拠《よ》り所にしていますが、依然《いぜん》として形勢は不利です。本調子ではないようですし」

意気消沈《しょうちん》した小鳥遊の姿を思い出す。

「……まぁ、考える事があるのはいい事だ」

「小鳥遊が心配なら、一緒にいてあげれば良かったのでは」

……舞原《まいばる》妹《いもうと》らしからぬ台詞《せりふ》に、口ごもる。

「……それは」

「まぁ、私にはどうでもいい話ですが」

「……だな」だったら言うなよ。

「……それじゃ、本題だけど、ちょっと頼みがあって」

「姉に何を言ったのですか」

唐突《とうとつ》な質問に、再び口ごもる。

舞原姉《あね》に言った言葉を思い出し、コウは耳まで赤くなった。うわぁ、どうして俺はあんな話をしたんだろう、恥ずかしい。とにかく、早急に舞原姉に会って、誰《だれ》にも話さぬよう釘《くぎ》を刺しておかねば。

「……別に、大した話はしてないよ」

「姉は部屋に籠《こ》もったままです。……いえ、傷ついているというよりは、物思いに耽《ふけ》っているという感じでしょうか」

「物思い、ですか」

「このパターンは……。姉はあなたを、好きになりかけているようです」

「……ははぁ」

あの、奇妙な時間を思い出す。あの時、月の光のせいか舞原姉がとても綺麗《きれい》に見え、二十秒近く見つめてしまった。いや、見つめ合った。ひょっとしたら、向こうにも俺が同じように見えていたのかもしれない。

そうか、あの時フラグを立てちゃったか。

　コウはため息をついた。舞原姉《まいばるあね》は惚《ほ》れっぽいので有名で、しかも一カ月以上続いた事がない。一説には、舞原 妹《いもうと》が裏で手を回し別れさせているのだともいうが。

「そういう事なら安心してくれ。君の姉さんはタイプじゃないから。だいたい、恋人が死んだばかりなんだぞ、俺」

「私は、あなたなら姉の相手に相応《ふさ》しいと思います」

「はっはっは。有難《ありがと》う」

「本気です。その点で言えば、冬月《ふゆつき》の死は幸運でした。もっとも全体面《ぜんたいめん》から言えば、メリットよりデメリットの方が大きい不幸な出来事ですが」

「はっはっは」

　コウは笑い、舞原妹のユーモアのセンスを認めた。再び繰り返す。

「とにかく、君の姉はタイプじゃないから。だいたい、恋人が死んだばかりだし」

「現時点では」

　沈黙。

「何故《なぜ》、あなたの頼みを聞く前にこんな話をしたか、分かりますか？」

「……何となく」

「あなたの頼み事はこれが初めてですから、一応ルールを話しておきましょう。頼み事をした時、あなたは私に《借り》をつくる事になります。その《借り》は、いつか必ず返して貰《もら》います。あなたが私をナカマと呼ぼうがアクマと呼ぼうが構《かま》いません。私は必ず取り立てます。分かりますか？」

「応《おう》」なるほど、日奈《ひな》が舞原妹を気に入っていたのも分かる。

彼女は、少なくとも偽善者《ぎぜんしゃ》ではない。

「俺だって、《借り》なんてつくりたくはないけど、他に手はないしにゃー」

「では、用件をうかがいましょう」

「二つある。まず一つ目だが、明日《あす》、どこか誰《だれ》にも邪魔《じゃま》されない場所を用意して欲しい。警察は勿論《もちろん》みークルの連中にもだ。できれば、舞原邸《てい》の敷地内《しきちない》がいいんだが」

「茶室でもいいですか」

「外から丸見えだったり、声が筒抜けだったりしなければいい」

「分かりました。もう一つは？」

「日奈の死体の事。解剖《かいぼう》にまわしてもいい。まわさなくてもいい。それはそちらの判断に任せる。けど一日待ってくれ。そして」

一旦《いったん》、唾《つば》を飲み込んだ。そして言う。

「……日奈の死体……死体を、保存して欲しい。短期間ではなく、長期間の保存だ。ホルマリンもプラスチックも駄目《だめ》だ。冷凍保存《ほぞん》で、全《ぜん》組織を保存して欲しい」

「……それは、難しいですね。しかも、リスクが大きい」

コウの言葉をどう受け取ったか、感情を含まない舞原《まいばる》妹《いもうと》の声。

「分かってる。だから、俺にできない事だから君に頼んでるんだ。確かに難しいしリスクもあるだろうけど、それでこそ価値ある貸しがつくれるってもんだ。問題は、俺にそれだけの価値があるかってことだな、わはは。

とにかく、俺に莫大《ばくだい》な《貸し》をつくれるのは間違いない」

「……確約はできませんが、最大限の努力はします」

「……頼む」

電話を切り、ため息をつく。

どう思っただろう、趣味だと思われてなければいいが。

時計を見る。一時をまわってる。だがまだ今日は終わっていない。《今日》を終わらせる為《ため》にはもう一つ、大事な用が残っている。

コウは振り返り、真っ青になって突っ立っている少女に笑いかけた。身体《からだ》にバスタオルを巻いて、濡《ぬ》れた髪《かみ》を肩に背中に乱したままで、コウの笑顔に、少女はどたんと座り込む。

「おいおい、どーした」

「……死体って……日奈《ひな》さん」

「ああ。実は日奈、死んじゃってな」

絶句している少女に、肩をすくめて見せる。

「でもお前、言ったろ？　俺は《知恵の実》に巡り合う可能性が高いって。だったらいつか、日奈を生き返らせられるかもしれないし、でもその時《とき》何が必要か分からないから、死体の保存を頼んだんだ……って、なんかまともな人間の台詞《せりふ》じゃねーなぁ」

「日奈……さんが」

コウは少女の傍《かたわ》らに腰を下ろし、はだけたバスタオルを身体に巻き直してやると、新たにタオルを取って髪から水気をふき取り始めた。手を休めずに、歌うような口調で少女に話し掛ける。

「……とはいえ、いくら高いっつっても確率に頼るのはアレだしなー、ってな訳で、モノは相談なんだが、……頼めない？」

それは、と言いかける少女の言葉を阻《はば》み、なおも続ける。

「あるんだろ？　死人を生き返らせられる、そんな力を持つ《知恵の実》が。俺はそれが欲しい。だから取り引きしよう。お前がその《知恵の実》を、俺に渡すと約束してくれたら俺は、この事件の」

犯人をお前に教え、その魂《たましい》を引き渡そう。

その言葉を口に出すのに、何の抵抗も無かった。

5

涙で所々《ところどころ》つっかえながら、少女は話し始めた。

「……この世には、常に六百六十六個の……《知恵の実》が存在します。この数は、人間を指すもので、あり、……知恵を顕《あら》わすモノでアリ」

「獣《けもの》の数字だろ。『オーメン』で見た」

「……とにかく、全《知恵の実》の内四〇%が、直接的あるいは間接的に死者を蘇《よみがえ》らせる力を持つアイテムです。それだけ、それを望む人間は多いんです。目録《もくろく》によりますと、六年に一回はこれらの《知恵の実》から契約完了魔力《まりょく》が感知されています」

六年に一回、死者が生き返っている訳か。

「……ですが、現在その《知恵の実》がどこにあるか、誰《だれ》が持っているかまでは分かりません。契約完了魔力が感知されるまでは」

すまなそうに俯《うつむ》く。

「構《かま》わないさ。今度そのアイテムが見つかった時、俺に回してくれればいいんだ」

「……でも、あの、あくまで《知恵の実》は、その、自分の運命で出会わなければならなくて……」

「固い事言うなよ」

コウは少女の頭をタオルで包んだ。

「だいたい、俺たちが今こうして出会い、ここにいる、これだって言わば《運命》じゃん」

「……そ、そうですね」

顔を赤らめる少女。そんな少女の反応を見ながら、コウは背中から少女の首に腕を回した。

背後から囁《ささや》きかける。

「……例えばだ、この事件の《ピンホールショット》、あれは俺が手に入れて使ってもいいのか？」

「ええ、それは構いません。自分で手に入れるのなら、その経過は問いません」

「だったらこうしよう。お前はただ、俺の欲しい《知恵の実》がある場所を、いや、それが関《かか》わる事件さえ教えてくれればいい。そうすれば俺が自分で取りにいく。それなら問題ないんだろう？」

「それは……それなら……きゃっ？」

無意識《むいしき》に少女の耳を噛《は》み、

「だいたいお前、今回の事件の犯人は分かったのか」

うう、と少女の顔が曇《くも》る。

「……コウさんが犯人でないのなら、正直な話、さっぱり……」

「そうか、それは困ったな。犯人を見つけられないと、お前死んじゃうんだろ?」

あうう、と泣きそうになる少女の顔を頰《ほお》からのぞき込み、

「はっきり言うけど、こんなの簡単な事件だぞ? お前、こんな事件にてこずって、これから先やっていけるのか?」

「それは……」

「だからお互い協力するんだ。……そう、俺はお前の協力者、パートナーになってやる。お前を手伝ってやるよ。犯人を見つけてやる。うん、今回だけじゃなくて、これからもずっと。犯人が分からない奇妙な事件が、今回だけとは限らないしな。

そして、その事件で得た《知恵の実》は俺の運命として俺が貰《もら》う。……いつか、俺の願いが叶《かな》う日まで……こういう取り引きは、どうだ?」

うーん、と少女は再び呻《うめ》いた。

「何を悩むんだよ。どうせお前、今回の事件が解決できなかったら死んじゃうんだろ? だったら悩む事ないじゃん。いい取り引きだと思うけど」

「……でもこの場合、コウさんは前以《まえもっ》て契約のこととか知ってるわけで……あっ」

ぎゅっと、後ろから少女を抱きしめる。

「あーあー、成程《なるほど》ねー。俺がその《知恵の実》で、願いを叶《かな》えながら魂《たましい》を渡さない、何て事するかもしれないって思ってるわけだ。……あーあ、悲しいなあ。俺が日奈《ひな》を殺した奴《やつ》と、同じ

事をすると……」

「そ、そうですよね」

慌《あわ》てて少女、コウの腕にしがみつく。

「……そんなこと、するはずがないですよね。……分かりました。その代わり、約束ですよ？」

「……ああ、犯人の魂は必ず渡す」

そうじゃなくて、と少女は顔を赤らめた。

「協力者になって、これからも手伝ってくれること、です」

「……分かってるって」

そう、分かっている。

それは、契約。

自分の代わりに他人の魂を、恨《うら》みのある高久《たかく》の魂だけではなく知らない他人の魂をも引き渡し、代わりに自分の願いを叶えると言う、そういう契約。

分かっている。

コウは少女に微笑《ほほえ》んだ。

少女も微笑み返す。

指切りをして、謳《うた》って。

契約は、成立した。

「……ところで、……その」

Tシャツにジャージ姿となった少女に、コウは話しかけた。

「何です？」

「……明日《あした》、魂《たましい》を渡すのはいいんだけれど……その、アフターケアはしてくれるのかな？」

「あふたーけあ？」

コウは南無阿弥陀仏《なむあみだぶつ》のポーズを取った。

「……その、魂取《と》ると……ほら、残るだろ？　肉体と言うか、いわゆる死体という奴《やつ》が」

コウの言いたい事を悟り、少女はぷんぷんと腰に手を当てた。

「何を言っているんですか！　あたしは悪魔《あくま》で、死神じゃありません！　殺したりなんかしませんよ！」

「……あに？」コウは床に顎《あご》を落とした。

「魂取っても死なない？」

「それどころか、死ななくなります」

えっへん、と胸らしきものを張り、少女は語り始めた。

「魂とは、その人間が持つ全《すべ》ての可能性のことなのです！」

死んで幽霊《ゆうれい》になるのも可能性、生き返るのも、死んだままでいるのも可能性。荒唐無稽《こうとうむけい》から普通で些細《ささい》な事まで、人間はあらゆる可能性を持っている。そして、他の全ての可能性を排除する事でたった一つの可能性を実現させる、それが《知恵の実》の力なのだと少女は語った。だから《知恵の実》で願いを叶《かな》え、他の全ての可能性——即《すなわ》ち魂——を悪魔に渡した人間はそれ以上何も変わらなくなる。死ぬ可能性さえ奪われ、望みを叶えた状態のまま、悪魔の世界で——。

少女の言葉を、コウはほとんど聞いていなかった。魂を取られても、死なない、その言葉ばかりが頭の中を反響《はんきょう》している。

そうか、死なないのか。

「……あの、なんか不都合《ふつごう》がありましたか？」

心配そうな少女の声に、我に返る。

「……いや。……そうか、死なないのか。それはいい事を聞いた。これで何の憂慮《ゆうりょ》もなく、犯人をお前に渡せる。あー、良かった♪」

日奈《ひな》が死んでからずっと胸の中にくすぶっていたもやもやが、嵐後《あらしのあと》の雲のように消えている。にごりの消えた胸のうちを見、ようやくコウは気がついた、自分が求めていたものに。信じられない話だが、それはあるいは、日奈を生き返らせたいという思い以上に強かったかもしれない。

勿論《もちろん》、明日は悪魔《あくま》に高久《たかく》を渡す。日奈を生き返らせる為《ため》の、第一歩を踏み出すために。その考えに変わりはない。

しかし。

誰《だれ》かが言っていた。

復讐という料理は、、、、、、、、、、冷ませば冷ますほど美味い。

突然、お腹が空《す》きだした。胃が蠕動《ぜんどう》を開始する。コウは少女の背中を叩《たた》いた。

「よし、それじゃあ腹も空いたし、前祝《まえいわ》いという事で、寿司《すし》なんかおごっちゃおう！……と思ったけど時間ももう遅いから、コンビニ弁当で我慢しよう！」

二人はコンビニ弁当で、遅い夕食を済ませた。

コウはとんかつ弁当を買ったのだった。

6

時計の音がやけに大きい、深夜。

少女にベッドを譲《ゆず》り、コウはパソコンに向かい先輩《せんぱい》やら友達やらから来たメールに返事を送っていた。まだニュースになってないのに、どこで日奈《ひな》の事件を知ったのだろう。ま、有難《ありがた》い話だ。

寝るつもりはなかった。人間は泣くのを我慢していると、寝ている時、夢の中で泣いてしまう。それは、母の時で経験済《ず》みだった。

まあ、睡魔《すいま》に襲《おそ》われる事はないだろう。

かといって横になったり、枕《まくら》に顔を埋めるのは論外《ろんがい》だ。人間はそれだけで涙が出てしまう。

という訳でコウは、メールを送った後も、する事なくネットを徘徊《はいかい》していた。呪《のろ》いとか、あとプラシーボ効果について調べたりした。

泣くのを堪《こら》えるのは、慣れてしまえば簡単だ。最初の発作《ほっさ》さえ飲み込めればいい。コウは慣れていた。今ではクシャミを堪えるより容易《たやす》い。それは、おならを我慢するのに似ている。放屁《ほうひ》を我慢すると、そのガスは腸に吸収され体内に戻る。血液に溶けて再び体内を駆け巡る。気持ち悪い後味《あとあじ》を残して。涙を我慢するのは、コウにとってまさしくそういう感触だった。

勿論《もちろん》、涙になる予定だった水分は眼窩《がんか》に残るが、それはもはや涙ではない。

ぼーっと天井《てんじょう》、壁を眺《なが》める。天井には電灯、壁にはカレンダーが貼《は》ってあるのみ。

ベッドを見、少女を包む膨《ふく》らみを眺める。

一人暮らしで良かった、面倒《めんどう》がなくて。考えてみれば、コウの部屋に泊まった初めての異性だ。悪魔《あくま》に性別があれば、だけど。

二年前、母が死んで一カ月後ぐらいのある日、父はコウに言った。

「母さんが死んで悲しいか」

頷《うなず》いたコウに、父は打ち明けた。

「人が死んだら悲しい、でもな、全《すべ》ての人間が悲しむとは限らない。人によって反応は様々《さまざま》なんだ。で……俺は、勿論《もちろん》悲しい。けど、それ以上に母さんが憎い。死んだ事が憎い」

なんとなく、理解できた。コウの中にも、確かにそんな気持ちがあった。

「でも、もう母さんはいない。だから俺の憎しみは、あいつの持ち物や、あいつを思い出させるものに向かってしまう。……はっきり言うと、俺は最近、お前を壊したくてたまらない。母さんの面影《おもかげ》を持つ、お前を」

だから、と父は言った。しばらく、別々に暮らさないか、と。

コウは了承《りようしよう》した。父はコウを祖父の家に住まわせるつもりだったが、コウは一人暮らしを望み、議論の末《すえ》納得してもらった。以来コウは一人暮らし、週に一、二回父の会社で働き、そのバイト代で生活している。

そうだ、父にもメールを出さないと。明日《あした》は行けないって伝えないとな。

再びキーボードを鳴らし始めた時、少女の声が聞こえた。

「あの……」

「あ、悪い、起こしちゃった？」

「……少し、話しませんか」

「……何を？」

椅子《いす》を回し、少女に向き直る。

WING

「この目録《もくろく》、対人《たいじん》関係のマニュアルでもあるんです。これによると、心中《しんちゅう》を他人に話すだけでも随分《ずいぶん》楽になるそうです。話を聞くぐらいなら、あたしにもできますから」

「……ありがと。気持ちだけ貰《もら》っとく。大丈夫、俺は平気だから。だいたい、落ち込んでいるように見える？」

「我慢している気がします！」

「……いいから早く、寝る、寝れ、寝ろ」

コウは画面に戻った。しばらくして、

「あの……」再び少女の声。

「話はしないぞ」

「それじゃ、せ、せ、性《せい》行為などはどうでしょう」

「なんですって？」

頭のテッペンから声が飛び出た。

「あの、そうした行為にも……同じ効果があると。……それに、協力者とはなるべくそういう関係をつくれと、上司《じょうし》にも言われてますし」

「……気持ちは有難《ありがた》いんだけど、恋人が死んだばかりだし、そーゆーのはちょっと」

「そ、そうですよね、すいません」

少女は耳まで真っ赤になると、布団《ふとん》に潜り込んだ。

「いや、気持ちはうれしい。後五年、いや三年経《た》ったらもう一回聞いてくれ。必ず」

「……その頃《ころ》には多分、魂《たましい》たくさん集めて、あたしも一流の悪魔《あくま》になって——」

きゃっ、と言って少女は布団の中を転げ回った。

ふと興味が湧《わ》いて聞く。

「……なぁ、ベルゼバブってのはハエの姿なんだろ？」

「え？　……まぁ、そういう時もありますが」

「じゃあお前は、何でそんな姿なんだ？」

「……変ですか？」

「悪魔としては分かりにくいし、人間を誘惑《ゆうわく》する為《ため》なら、もっと大人《おとな》の、ぼん・きゅっ・ばーん！　みたいな姿の方が」

「上司から助言をいただきまして」

少女は身体《からだ》を起こし、手を広げた。

「この姿は、コウさんの行方《ゆくえ》不明の妹をモデルにしたものです。その人間の死んだ知人をモデルにする事で、情《じょう》に訴え自白《じはく》を促そうと。……あの、最初はコウさんを疑っていましたから。今は疑ってませんけど」

「……妹」

「はい。母親の姿でも良かったのですが、あたしもまだ生まれたばかりですし、実年齢《じつねんれい》に近い方を選びました。行方不明時《ゆくえふめいじ》の姿を基本にして、八年分加齢《かれい》してあります」

なんかさらりと、とんでもない事言ってるような。

「……それは……つまり、お前の姿は、今現在の、俺の妹の姿なのか？」

「必ずしもそうではありません。この姿は最も理想的な育ち方をシミュレートしたもので、シミュレート条件によっては、もっと太ってたり背が低かったりするかもしれません」

「その、姿は、自由に変えられるのか？」

「アストラル体――精神体の時は可能ですが、マテリアル体、つまり肉体は当分これしか使えません。何故《なぜ》です？」

「いや……そうか……」

心臓が、早鐘《はやがね》を打っていた。

俺の情《じょう》に訴えるために、妹をシミュレートした、姿。

「……この姿、駄目《だめ》ですか？」

泣きそうな表情。

「いや、駄目って事はないけど、……正直、自分でもよく分からない。何か複雑な感じ。……お前はやっぱり、悪魔《あくま》なんだな」

「そんな、あたしなんて。コウさんこそ、人間とは思えない、まるで悪魔みたいです」

照れてるように、少女。どうやら褒《ほ》めてくれてるらしい。コウは苦笑した。

「ああ、よく言われる。……もういいから、寝れ。明日《あした》は、もう今日《きょう》だな、今日は忙しいんだから」

「……おやすみなさい」

「おやすみ」

静寂《せいじゃく》の中、ディスプレイに照らされて、今聞いた事を考える。

俺には妹がいた、という——。

しばらくして、三度少女の声が聞こえた。

「……コウさん、怒っていませんか？」

虚《きょ》をつかれ、慌《あわ》てる。

「……べ、別に怒ってねーよ。ただビックリしただけで……」

「……でも、でもでも」震える声。「あ、あたしが勘違《かんちが》いしてコウさんのところに来なかったら、ひ、日奈《ひな》さんは——」

ああ。

コウは笑おうとした。途端《とたん》、熱い塊《かたまり》が喉《のど》の奥からこみ上げ、慌《あわ》てて口を閉じる。ダメだ、沈黙はいけないと思いつつ、コウは口を開けられない。口を開いたその途端《とたん》、涙が溢《あふ》れ出すだろう、ダメだ、ダメだ、それだけは——。

どれくらいの時が、過ぎただろうか。

発作《ほっさ》が過ぎてようやく、コウは少女が泣いてるのに気づいた。声を殺し、身を震わせて……。

――今更《いまさら》、何を言っても意味が無い。

コウは椅子《いす》を立ち、少女の隣に布団《ふとん》の上から横たわった。身を震わせる少女の横に、腕を枕《まくら》に天井《てんじょう》を見て、少し考え、母の葬式の日、初めて日奈《ひな》に会った日の事を話し始める。

少女が寝付いてもまだ、コウの話は続いた。闇《やみ》の中、天井を相手に、コウはずっと語り続けた。

それが《今日》の終わりで――。

電話の音で意識が戻った。

眠っていた事に気づき、コウは慌《あわ》てて枕を見た。濡《ぬ》れてない。ヨダレは垂らしてないよーだ、そして涙も。ほっとする。良かった、起きてる時にいくら我慢しても、眠って、夢の中で泣いてしまったら何にもならない。

泣いたら忘れる、それはもはや、強迫概念《きょうはくがいねん》となっている。

五回目のコールで、電話が留守電に切り替わった。不在を告げる録音の声を遮《さえぎ》るように、

「警察です。堂島《どうじま》コウさんはいらっしゃいませんか？」

……警察？　何の用だろう、日奈の事か、昨日《きのう》の一件か……。

「……はい」ため息をつき、電話に出る。

「朝早くから、すいません。実は——」

女性の声は簡潔《かんけつ》に、真嶋綾《まじまあや》がコウに会いたがっている事を告げた。

ちょっと特殊な状況で。

「……分かりました。すぐに行きます」

電話を切り、少女を見る。コウの胸に頭を乗せ、すうすう寝息を立てている。時計を見る。八時。四時頃《ころ》までは覚えてるから、四時間ほど寝た訳か。

畜生《ちくしょう》、横になったのは失敗だった。

コウはそっと身体《からだ》をずらし、少女から離れ、音を立てぬよう気をつけながらパソコンの電源を切り、片付けた。ロープを探し、着替え、出かける準備を整える。

メモを書き、テレビに貼《は》る。読めるかどうか知らんけど。

準備を終え、コウは最後にもう一度、少女の寝顔を眺《なが》めた。頭の中身も身体《からだ》の造《つく》りも人とはズレた少女の、無邪気《むじゃき》にそして無防備に眠っている安らかな寝顔は、少女の種族とは全く対極にあるものを想起させる。

そしてそれは、妹を模《も》したものでもある。

妹——。

気づかなかった。

驚く程《ほど》の事ではない。忘れるというのは、つまりはそういう事なのだから。

手を伸ばし、少女を撫《な》でようとし、結局引っ込めた。

胸がずきんと痛んだ。

洗面所に行き、冷水で顔を洗う。

新たな人生の一日目。

部屋を出、下に降りると、待っていたパトカーに乗り込み、コウは現場に向かった。道中《どうちゅう》、自殺志望者に対する接し方を色々聞かされたが、殆《ほとん》ど聞いていなかった。

7

「それ以上、近づかないで」

風が荒《すさ》ぶビルの屋上、フェンスの向こう側に真嶋綾《まじまあや》の姿を認め、コウは走り出した。

ぎょっとする真嶋。

「それ以上近づいたら」

「やかましい、あんた何様《なにさま》だ？　こんな朝っぱら、それも冬の朝、しかも日曜の朝の眠りを邪魔《じゃま》しやがって。自殺だと？　死ぬ前に話をしたいっつーから仕方なく出て来てやったら、近づくなだと？　ここまでな、階段で上がって来たんだぞ？　十階分をだぞ？　エレヴェーターがあるのに、警察に言われて仕方なく階段を使って、そこまでして来てやった俺に、近づくなだと？」

逆ギレる。真嶋があっけにとられている間に、コウはフェンスにたどり着いた。三アクションで乗り越える。

おお、という声が下から響《ひび》いた。

真嶋が金切り声を上げる。

「いいから離れて！　飛び降りるわよ！」

「まーまーまー」

フェンスからあの世まで、二メートル無いコンクリの縁《ふち》。コウは真嶋に一歩近づいた。真嶋が一歩下がる。下から歓声が上がったが、下を見る気にはなれない。見た瞬間気絶《きぜつ》して、落ちていきそうな気さえする。風の強さも気のせいか。足が竦《すく》んだが、それを表に出したりはしなかった。

逆ギレを止め、平身低頭《へいしんていとう》する。

「頼みますよ、逃げないで下さい。心配しなくても、止めたりしませんよ。もし俺がそんな事をしたら、構《かま》わないから巻き添《ぞ》えにして飛んじゃって下さい。できるでしょ？　先輩《せんぱい》は人殺しなんだから、もう一人ぐらい」

真嶋の表情が一瞬歪《ゆが》んだ。

「……本当に、道連《みちづ》れにするわよ」

よし。

真嶋《まじま》を摑《つか》める位置まで近づいた。ここからなら何とか摑める。命を懸《か》ければ。

冷たい風に身体《からだ》が震えた。

「……日奈《ひな》は、こーゆー所で本を読むのが好きでね、吊《つ》り橋《ばし》効果で面白く読めるとか言って。ちびっ子は真似《まね》すんなって話ですが。吊り橋効果って知ってます？」

「知らない。どうでもいい」

「面白い話なんだけど。座っていいスか？」

真嶋は眉《まゆ》の間にしわを寄せ、渋々頷《うなず》いた。コウはフェンスにもたれて座り、ポンポンと横を叩《たた》いた。真嶋は目を細めた。

「下、テレビカメラ来てます。立ってると撮られますよ。座ったほうがいいですって」

真嶋は躊躇《ちゅうちょ》したが、少し離れて座った。左手をフェンスに絡ませ、体を斜めにコウを見る姿がなかなか色っぽい。白い吐息《といき》で手を暖めながら、コウは真嶋を観察した。やつれているようだが日奈に似ている。この寒いのに薄手のシャツにパンツだけ、日奈よりスレンダーだがやはり似ている。眉《まゆ》は細いがしかし似ている。真嶋が何か言ったのを聞き逃し、慌《あわ》てて聞き返した。

「すいません、なんて？」

「ごめんって言ったの。呼び出したりして」

「……話というのは、日奈の死因の事ですか？　先輩《せんぱい》は、日奈の死因を？」

真嶋は黙って頷《うなず》いた。

（よし、言質《げんち》は取れた。けど……）

「……だったらそれ、警察に話してくれませんかね。状況が状況なモンで、俺が疑われてるんです。日奈を殺したのは俺じゃないかと。……高久《たかく》みたくね」

真嶋の反応を見る。物憂《ものう》げにコウをうかがっているだけで、気づいた様子《ようす》は無い。冷静さを失っているのだろう、コウはいきなり核心《かくしん》に触れるのを止《や》めた。

「……先輩が何故《なぜ》俺を呼んだのか、想像はつきます。先輩は日奈を殺した。その慚愧《ざんき》の念《ねん》から自殺しようと思い、恋人を殺され恨《うら》んでいるであろう俺に特等席でそれを見せ、謝罪に代えよう、そういう事でしょう？」

真嶋は口を開き、閉じた。冗談《じょうだん》か本気か判じかねたのだろう。

唇《くちびる》をなめ、やっと言葉を紡《つむ》ぐ。

「その事を話したかったの。信じて貰《もら》えないかもしれないけど、あたし、日奈さんは殺してない」

「はっはっは」わざとらしく笑う。

「山崎《やまざき》は先輩が呪《のろ》い殺した。日奈は山崎と同じ死に方をした。即《すなわ》ち日奈も先輩が呪い殺した、この考え方、間違ってますか？　……そうか、言ってましたね、先輩は呪う力は持ってないって。誰《だれ》かに頼んで殺して貰ったとしても、やっぱり先輩の仕業《しわざ》でしょーが。殺人の罪を、ナイフに着せる事はできませんよ」

「……誰《だれ》にも頼んでないの」

「……じゃあ、そいつが勝手《かって》に日奈《ひな》を殺したと、そーゆー事ですか？　信じ難い話ですが、まあいい。そいつの名前を教えて下さい」

「そんな人間、いないのよ」

「なんスって？」

コウはスットンキョーな声を出した。

「人間以外に頼んだんですか？　神とか悪魔《あくま》とか、ジンガイの方とお知り合い？」

「……誰にも、何にも頼んで無い！」

「でも山崎《やまざき》は……それじゃあ先輩《せんぱい》は、呪《のろ》いの力を持って無いにも関《かか》わらず、誰にも頼らず山崎を呪殺《じゆさつ》したって言うんですか？」

真嶋《まじま》、頷《うなず》く。

「じゃあ日奈は、誰に殺されたんですか？」

「信じてくれないだろうけど……。

日奈さんを殺したのは、死んだ山崎よ」

歪《ゆが》んだ笑みで口元《くちもと》を斜めにし、自分の胸をそっと押さえる。

「そして、次はあたしが殺される。ずっと、あいつの言いなりだったけど、死に方ぐらいは自分で決めたい。だから、自殺するの」

「前向きなんだか後ろ向きなんだか」

真嶋は、ふと苦笑《くしょう》した。清々《すがすが》しいとは言えない表情。コウもおざなりに笑った。真嶋の言葉は予想していた。それは真嶋の思い込みに過ぎない。真実では無い、しかし、真嶋にとってはそうではない。

「……死んだ山崎が？　死人が？」

「バカな話よね。……でも山崎は普通の人間じゃなかった。恐ろしい力を持っていた。あの連続ペット殺し、あれも山崎の仕業《しわざ》なの」

「山崎は、呪《のろ》いの力を？」

「あいつはあたしに、犬や猫を何匹も殺して見せた。手も触れずに、指さすだけで。あいつは、あたしの目の前でコユキを殺したのよ。コユキは、胸から血を吹き出して、あっという間に死んだわ。まだ一歳だったのに……」

コユキと言うのは、飼っていた猫の名か。

胸を押さえ、沈痛な表情。

「あいつは、人間だって殺せるって言ったわ。言う事を聞かないと、あたしの家族を呪い殺すって。でもこんな話、誰が信じてくれる？　誰も助けてくれないなら、自分でどうにかするしかないじゃない。だから、あたしはあいつを殺した」

「分かります」

「分かる？　何が……」

言いかけ、止《や》める。コウの過去を考えたのだろう。妹が宇宙人にさらわれていると、こういう時に便利だ。

「何故呪殺《なぜじゅさつ》、なんですか？」

「……さぁ。日本じゃ拳銃《けんじゅう》とか、売ってないからじゃない？」

「……本当は、殺そうとは思っていなかったんじゃないですか？」

真嶋《まじま》はゆっくりとかぶりを振った。

「ううん、あたしは」

「死ぬ前に強がってどーするんです？　成程《なるほど》、先輩《せんぱい》は藁《わら》人形に釘《くぎ》を打ったかもしれない。けれどそれは発作《ほっさ》的なものだったはずです。

先輩が本当にしたかったのは、自衛。違いますか？」

「……どうして？」

「そうでなければこの状況は成立しないんです。そう、先輩は確かに殺意を持っていたかもしれない、けれど実行しない、できない、そういう人間でなければ成立しない。……先輩が選んだ呪《のろ》い、いやマジナイは、悪意ある呪いから身を守る為《ため》のものだったはずだ。

しかし、それは同時に山崎《やまざき》を殺す方法にもなった。呪わずに呪殺する方法。でしょ？」

真嶋は鈍い動作で顔を上げ、コウを見た。驚いたような安心したような、複雑な表情を浮かべている。

「……どうして分かった？」

「いくつかありますが、一番のヒントは日奈《ひな》が言った『人を呪《のろ》わば穴二つ掘れ』という言葉でした。昨日の夜、ネットで色々読みましたが、黒魔術《くろまじゅつ》にせよ式術《しきじゅつ》にせよ蠱術《こじゅつ》にせよ、人を呪う術はいつか自分に返って来る。ましてや失敗なんかすれば何倍にもなって戻り、自分を滅ぼしてしまうものだそうです。だから人を呪う時は、相手の分と自分の分、二つの墓穴《はかあな》を掘れと。呪いの本なら大抵《たいてい》書かれているこの言葉、先輩は当然知っていた。

だから山崎が死んだ時、自分の自衛の《おまじない》が効いて、山崎の呪いが本人に跳ね返ったのだと信じ込んだんでしょう」

「……信じ込んだ？」

「さらに当てましょうか？　恐らく先輩と山崎の関係は、終わりかけていたのでは？」

真嶋は笑った。

「それも当たり」

「山崎に殺される、と先輩が思い込む理由は、それしかないですから。……ああ、そうか、だからか」

突然悟《さと》り、嘆息《たんそく》する。日奈に似ているその顔を見る。

「先輩《せんぱい》があの日全校《ぜんこう》集会を休んでいたのは、山崎《やまざき》の命令で、日奈《ひな》を……」

「そうよ。あいつは全校集会で誰《だれ》もいない間に、日奈さんの持ち物を盗んで来るようあたしに言った。うんざりしたんでしょうね、あたしは言いなりにはなったけど、決して懐柔《かいじゅう》はされなかったから。だからあいつは次の標的に日奈さんを選び、あたしに手伝わせた」

「そうか、それで……」

昨日《きのう》真嶋《まじま》が日奈に攻撃的だったのは、日奈に対する罪の意識からだったのだろう。……あるいは、何か奇妙な女心《おんなごころ》が働いたのかもしれない。

「……そしてあいつは、あの時、用済みになったあたしを呪《のろ》い殺そうとした。全校集会を休ませたのもその為《ため》ね。全校集会中に死んだら学校関係者が容疑者になるけど、誰《だれ》もいない所で死んでたら外の人間が疑われるだろうから。だからあいつは、あの時あたしを呪《のろ》い殺そうとした。けど、あたしの術が成功して呪いは失敗し、跳ね返り、あいつ自身を呪い殺した。そう、今まで殺してきたペットと、コユキと全く同じ死に方で……」

「……と、先輩は思い込んだ訳だ」

真嶋は乾いた笑い声を上げた。

「信じてないんだ。当然ね。……でもね、あんたは知らないのよ、あいつがどんな力を持っていたか」

「そうです。だから最初は気づかなかった。ああ、もしも先輩があの時、体育館にいれば、話はもっと簡単だったろうに。……そう、今回の事件は単純なものなのに、様々な偶然が複雑化してしまっている」

「……どういう意味よ」

「かっこつけただけです。探偵《たんてい》っぽい？

　話をまとめましょう。まず先輩は、山崎が不思議な力を持っていると思い込んだ。そして世の中にはその手の力が実在する事を知り、それで自分を守れるか試した。すると山崎が死んだ為《ため》、自分のまじないが山崎の呪《のろ》いを跳ね返したと信じ込んでしまった。ま、無理もない話です。今まで殺してきたのと同じく、文字通り呪われた状況で死んでしまったんだから。……ここまではいいですか？」

「よくないわよ。あんた」

「ところが、話はここで終わらなかった。なんと日奈が、山崎の使った呪いと全く同じ方法で殺されてしまったのだ。こんな力を持った人間が他にいるとは思えないから、先輩は当然のように山崎がやったのだと思い込んだ。荒唐無稽《こうとうむけい》な話だが、何しろ不思議な力を持つ男だ、生き返るぐらい朝飯前《あさめしまえ》なのかもしれない。折しも、自分自身の胸がずきんずきんと痛み始めているではないか。先輩は当たり前のように、次は自分の番だ、胸に穴が空いて死ぬのだと信じ込んでしまった」

　真嶋は胸に手を当てた。

「……何で分かったの。痛むなんて、一言も言ってないのに」

「論理的帰結《きけつ》です。そういう人間じゃなければ、こんな状況にはならなかった。山崎《やまざき》を平気で殺せる人間だったら、こんな目には遭《あ》わなかったんです。善人も善《よ》し悪《あ》し。日奈《ひな》が最後に先輩《せんぱい》に、何て言ったか覚えてます？」

「……」

「さっきも言った通り、先輩《せんぱい》は殺意は持ってても殺すつもりはなかった。しかし山崎は死に、先輩は自分が殺してしまったと思い込んだ。罪の意識とそこから来る自律神経《じりつしんけい》の失調《しっちょう》、それが、現在先輩の胸を痛めているものの正体なんです。文字通り、良心の痛み？」

「バカじゃないの？　適当な事言わないでよ。この痛みがそんな」

「適当じゃありません。日奈の事件を聞くまで、先輩の胸はむかついてはいても痛みはなかったはずです。日奈の事件を聞き、山崎の力だと思った瞬間、すり替えが起こった。罪の意識からくる胸のむかつきを、明確な痛みとして認識してしまった、専門用語で、吊《つ》り橋《ばし》効果というやつです」

「吊《つ》り橋《ばし》効果って」

「吊り橋の上で異性と二人きりでいると、恐怖からくる胸のドキドキを恋のトキメキと勘違《かんちが》いして恋に落ちちゃう、これが吊り橋効果です。人間は基本的に都合《つごう》のいい方を選択する。恐怖感を恋愛感情にすり替えたりする。だからデートの時はアクションやホラー映画、絶叫系《ぜっきょうけい》のアトラクションをお薦《すす》めします。とにかく、先輩は吊り橋効果で、良心の痛みを呪《のろ》いの力によるものと思い込んでしまった。呪いを信じ、自らも他人を呪った先輩《せんぱい》だ。自分の身体《からだ》に起こった異常《いじょう》を呪いと考えても不思議は無い。……まさに『人を呪わば穴二つ掘れ』ですね。……さらに穿《うが》った見方をすれば、先輩自身、良心が痛んでるなんて認めたくなかった、だから良心の痛みを呪いの痛みにすり替えた、なんて」

「そんなこと」

「火箸《ひばし》だと思い込むと、割り箸《ばし》を触っただけで火傷《やけど》する事があり、薬と思い込んで飲めば小麦粉でも効果が出る事がある。人間の精神の力はそれほど肉体に影響を及ぼすんです。そして、その力が《呪い》と呼ばれるモノの正体です。元来《呪い》とは、超自然の力を指すモノではなく言葉の力を意味するモノ。

……何故《なぜ》、藁《わら》人形に五寸釘《くぎ》を打つ時、頭か胸に打つか知ってますか？」

「そこが急所だからでしょ」

「違います。神経の失調はまず頭や胸に来るから、勘違《かんちが》いさせやすいんですね。つまり、胸に釘を打った人形を見て、呪われてると思い込み神経を病んで胸が痛み、それを呪いの力と勘違いしてさらに神経を病む、衰弱《すいじゃく》していく、これがまぁ大まかですが《呪い》のメカニズムです。分かります？」

なんて、実は口からの出まかせだったりする。が、勿論真嶋《もちろんまじま》にバラすつもりはない。

真嶋《まじま》は薄く嗤《わら》った。

「よくできた話ね。あんたの話を聞いていると、あたしはまるで被害妄想《もうそう》の変人みたい」

コウは肯定した。にこやかに。

「無理ないです。呪《のろ》いの力なんつー本物の《奇跡《きせき》》に、先輩《せんぱい》は出会ってしまったんだから。俺もね、妹を宇宙人にさらわれるなんて目に遭《あ》ったせいで、色々変人《へんじん》になりました。昔は夜空が怖くて仕方なかったし、今でもXファイルとかあの手の番組、笑って見られませんしね。他にも医者とか」

「……でも、もしあんたの言う通りだとしたら、日奈《ひな》さんを殺したのはいったい誰《だれ》よ。山崎《やまざき》みたいな力を持った人間が、他にもごろごろいるっていうの？　そんな」

「先輩は、俺が銃で人を射殺したら、世界中の銃撃《じゆうげき》事件が俺の仕業《しわざ》だと思うんですか？」

「……」

「山崎は先輩に呪いの威力《いりよく》を見せた時、必ずカメラを持っていたはずです。あるいは、カメラが入るようなバッグを」

薄笑《うすわら》いが消える。

「だって、あいつは写真が趣味だったから」

「大きく古めかしい、木製のカメラですから、一度目にすれば忘れないと思います」

「……そのカメラが、呪いの力を持っていたって言いたいの？　そんなバカな」

「山崎が呪いの力を持っていたという考え方と同程度、しかも山崎が生き返ったと思うよりはずっと当たり前の話だと思いますが。ところで、質問に答えていませんね」

「……持っていた、けど……」

「呪いが跳ね返って山崎を殺した、その山崎が生き返って日奈を殺した、なんてのよりも、誰《だれ》かがカメラを奪ってそれで山崎を殺した、そして日奈も殺した、そう考えたほうが自然だと思いません？」

「嘘《うそ》よ」真嶋《まじま》は虚《うつ》ろに吐き捨てた。

「確かに筋《すじ》は通ってる。でも、全部後づけで考えられる話じゃない。カメラの事知ってるのには驚いたけど、よく考えたらあんたはみークル、警察情報を入手できる訳だし。テクニックよね、知らないはずの事実を突き付ける事で、さも真実を知っているように見せかける。あんたはそうやって作り話をして、あたしが自殺するのを止《や》めさせようとしてるんだ。違う？　それとも、何か証拠《しょうこ》があるの？」

　コウはかぶりを振った。

「でも、先輩の話だって証拠はないし」

「あたしが証拠よ。あたしはそれを真実だと感じている。この胸の痛みが良心の痛みだなんて思えないし、だいたいあたしは絶対後悔《こうかい》してない、罪の意識なんてない。だからあんたの話なんて信じられない」

「勘違《かんちが》いしないで下さい」

口から出た言葉は、思いの外《ほか》冷たかった。

「俺は自分の話を、信じて貰《もら》おうとは思ってません。どーせ真実でも、どれだけ青筋《あおすじ》立てて話しても、信じて貰えない事があるのを俺は、いや俺達は知っている。でしょう？　だから、先輩《せんぱい》の自殺を止める為《ため》に話したんじゃない。長々とこんな話をしたのは、俺の考えを知って貰う為、それと先輩が犯人とグルじゃないか確かめる為、です」

「犯人と、ぐる？」真嶋《まじま》は鼻で笑った。

「そうね、君の考え方でいけば、山崎《やまざき》からカメラを奪った奴《やつ》がいるんだもんね。何故《なぜ》か山崎だけじゃなく日奈《ひな》さんまで殺した誰《だれ》かが」

「何故か、ではありません。日奈はカメラの力に気づいた、だから殺された。……聞いていませんか？　日奈が死んだ時、その手に何を持っていたか」

「……え？」

「……とにかく、先輩がぐるじゃないのは分かりました。本気で山崎が生き返ったって信じているようですし。だから単直にうかがいます。

犯人は誰《だれ》ですか？」

ま、実は知ってるんだけど。

コウの問いに、真嶋はまじまじとコウを見た。挑戦《ちょうせん》的な口調で、

「……あたしは、山崎が生き返ったと思ってるのよ？　信じてくれなくてもいいけど」

「分かってます」

「だったら山崎以外の犯人なんてあたしが」

「先輩はすでに白状してるんです。……犯人は誰《だれ》か知ってるという事を」

真嶋は口を開き、閉じた。挑戦的な姿勢は崩さず、黙って考え込んでいる。いい傾向。

「やっぱり、気づいてないみたいですね」

「……いったい何を言ってるのよ。あたしは本当に、本気で山崎を犯人だと」

「じゃあ聞きますが、何故《なぜ》先輩は日奈の死因を知っているんです？　まさか、新聞とかテレビなんて言いませんよね？　まだ警察発表さえ行われていないのに」

真嶋はきょとんとした。何を言われたのか分かってないようだった。ついで、目が大きく見開かれ、言葉の出ない口が開く。

「そうです」コウは頷《うなず》いた。

「それは、俺《おれ》以外には、犯人しか知らない情報なんです」

真嶋の急激に変化する表情を見、成程《なるほど》、と納得する。探偵役《たんていやく》というのは気持ちがいい。

「……そんな、だって」

「何故なら、まだ司法解剖《しほうかいぼう》は行われていないから。俺が舞原《まいばら》に頼んで一日遅らせて貰《もら》ったんです。司法解剖されてない以上、現時点で日奈の死因を知っているのは俺以外には犯人だけ、そうでしょう?」

この言葉は正しくない。現に、舞原《まいばる》も小鳥遊《たかなし》も日奈《ひな》と山崎《やまざき》の事件を同じものとして捉《とら》えている。が、情報源を持たない真嶋《まじま》は気づかないだろう。

そのまま勢いで押していく。

「犯人が誰《だれ》か、見当ついてます。そいつは先輩に電話をかけてきたはずだ。だから先輩《せんぱい》の口から、そいつの名前を聞きたいんです。でも確証《かくしょう》がない。いかにも心配気《げ》を装って、日奈が山崎と同じ死に方をした事を伝えたはずだ。そうして、山崎に脅《おび》えていた先輩の不安感を煽《あお》って、心の中で笑ったはずだ」

真嶋は苦虫《にがむし》を噛《か》み潰《つぶ》したような、でも苦くなくて戸惑《とまど》ってる? みたいな複雑な表情を浮かべている。

「……でも、どうしてそんなこと……」

「何故《なぜ》ならそいつは、先輩も殺すつもりだからです。超《ちょう》自然の力が身近にある事を知っている、潜在的に犯人に気づく可能性のある先輩を。何も自殺しなくても、明日《あした》には先輩は死にます。俺に名前を教えなければ」

「嘘《うそ》よ!」真嶋は叫んだ。

「あの人は、自分を犠牲《ぎせい》にしてあたしを助けようとしてくれたのよ?」

「ホントよ!」コウも叫んだ。

「その時はどーだか知らないが、今は殺そうとしてるんだ。だから、日奈と俺を同時に殺さず楽しんだよーに、あんたにわざわざ電話したんだ、あんたが苦しむのを楽しむ為《ため》に！　そして今、カウチに座ってポテチ片手にテレビ見て、あんたが自殺しよーとしているのを、自分の電話がもたらした結果を大笑いしながら見てるんだ。

あんたはそれで、それでいいのか？

言うんだ！　そいつは誰《だれ》だ！」

激しいコウの言葉に、

「うるさいっ！」

真嶋は立ち上がりザマ、コウを突き飛ばした。が、コウは座っていた為に反作用が働いて、ぎょっとした顔のまま。

バランスを崩して落ちた。

8

「……バカじゃないの？」

「それはこっちの台詞《せりふ》だと思うけどなぁ」

コウは右手で真嶋の手首を摑《つか》み、左手を伸ばして背中を摑むと、渾身《こんしん》の力で引っ張った。ぐぐっと身体《からだ》が沈み、自分の方が落ちそうになる。腰とフェンスをロープで結んでいなかったら、真嶋《まじま》を摑《つか》んだ時点でコウも一緒に落ちていただろう。

「……お願い、無理しないで」

「……先輩《せんぱい》、体重何キロでスか。嘘《うそ》でも三十キロとか言ってくれると楽なんスけど」

何とか真嶋を引っ張りあげる。同時に、下から拍手が聞こえて来た。思わず下を見て、ぞっとする。高い。突然《とつぜん》心臓がロックンロールで脈打ち始め、コウは腰が抜けた。

「……いつの間に……」

ロープを見て、嘆息《たんそく》する真嶋。

「だから座って……死角《しかく》で」

「だって、先輩はともかく、俺は死にたくないもん」

「よく、摑めたわね。少しでも躊躇《ちゅうちょ》してたら、……ううん、それでも間に合わない。あんたずっと、あたしが落ちるの警戒《けいかい》してた訳？　落ちたら飛び出そうって身構えてたの？　その為《ため》に、わざわざ命綱《いのちづな》までつけて……」

「だって、犯人の名前聞く前に死なれたら面倒《めんどう》じゃないですか。……大丈夫、犯人さえ教えてくれれば、もう邪魔《じゃま》はしませんから」

「……本当に？」

「……ごめんなさい。嘘《うそ》です。出来れば死んで欲しくないです。今先輩《せんぱい》が死んだら、俺、学校で、いや世間で何を言われるか。ただでさえ俺、『恋人を殺した男』なんですよ?」

「……有難《ありがと》う」

やけに素直な真嶋の態度に、コウは気恥ずかしくなった。

「やめて下さいよ。絶対安全だったから助けたんです。危なければ見送ります」

真嶋は何も言わなかった。見ると真嶋も、汗びっしょりになっている。自殺するとか言っても、やはり恐怖を感じたのだろう。

かいた汗に風が寒い。

しばらくして、真嶋は口を開いた。

「……あの人は、あたしが脅迫《きょうはく》されているのを知って、相談に乗ってくれた。自分にも似た経験があるって。だから、山崎《やまざき》の力の事、話した。そしたらあの人、あたしを助けようと山崎に会いに行って、逆に……」

「……」

「……だから、かな……。だからあたしに、こんな事したのかな。殺したい程《ほど》、憎んで」

真嶋の目には涙がたまっていた。コウは気づかない振りをした。真嶋は泣くのを潔《いさぎよ》しとする女性には見えなかった。

「……そういう人間は、そもそも他人を助けようとはしませんよ。多分その時は、本気で先輩を助けようとしてた。……でも」

「……でも？」

「……ここから先は有料です。俺は冥土《めいど》に行く人に土産《みやげ》を持たせる趣味はありません」

真嶋《まじま》は苦笑《くしょう》した。思った通り、いつの間にか涙は痕跡《こんせき》もなく消えていた。

「死ななければ教えてくれるの？」

「無理にとはいいません。呪《のろ》い、なんつー奇跡《きせき》に出会った先輩《せんぱい》の人生は、恐らく辛いものになります。保証します。もはや誰《だれ》も信じられず、ありもしない呪いを怖がって、この先また山崎《やまざき》みたいな奴《やつ》が現れるかもってびくびくしながら生きる事になります。だって先輩は、それが本当に存在するのを知ってしまったんだから。将来はどこぞの宗教にはまっちゃうでしょう。俺だから自殺するなとは言えませんが、せめて卒業するまでとか、延期して貰《もら》えません？　俺の人生に関《かか》わりがなくなる時期まで」

「あんた、いつもそーゆー話し方なの？」

「その代わり、でも、の後を教えましょう。さらにオプションとして、犯人に対する先輩の生命の保証もつけます」

「……犯人を知って、どうするの？」

「日奈《ひな》を殺したカメラを取り上げます」

――一瞬の、視線交錯《しせんこうさく》の後。

真嶋は立ち上がり、滑らかな動作でフェンスを越えた。またも下界《げかい》から拍手が起こる。

日奈に良く似た少女が安全地帯に降り立った姿に、コウは全身で安堵《あんど》した。疲れを自覚する。神経が消耗《しょうもう》している。

「一つ、条件があるわ」

コウがフェンスを越えるのを待って、真嶋は口を開いた。

「……犯人と会う時、同席させて」

「……人生、変わりますよ?」

「……いいわよ、今さら」

少し迷ったが、結局頷《うなず》く。中途半端《はんぱ》に知ってるよりはいいかもしれないし、そもそも真嶋にはその権利がある。

「んじゃ、警察に説教《せっきょう》されに行きましょう。その後予定を話します。……できれば警察には、俺が生命の大切さを切々説いたと」

「そんな話、したっけ?」

「今します。生命は大切なんです。以上」

真嶋は苦笑《くしょう》した。

「んじゃ先輩、行きましょーか」

「……うん」

最後にもう一度、真嶋《まじま》はフェンスから外を見渡した。ここからは下は見えないが、高さは充《じゅう》分《ぶん》分かる。

高い。

奇妙な高揚感《こうようかん》。

「高い」

「高いスね」コウの声。

「早く行きましょーよ。ここは寒くていけねーや」

真嶋《まじま》は振り返り、のほほんとしてる男を見た。いくらロープがあるからといって、何の躊躇《ちゅうちょ》もなく飛び出せる高さだろうか、これが。

とてもそうは思えなかった。

ましてや自分は——顔が似ているのは知っているが——恋人でもなんでもない、今日会ったばかりの他人なのだ。

どれほどの《思い》があれば、そんな事ができるのだろう。

「……まさに、奇跡《きせき》だ」

「はぁ」意味も分からず、頷《うなず》くコウ。

（……有難う）

ある日真嶋は奇跡に遭《あ》い、辛い日々が始まった。家族にも、友達にも話せなかった。巻き込

む事を恐れていたし、信じて貰《もら》えない事が怖かった。大体《だいたい》話して何になる？　だから彼女は一人で耐え、誰《だれ》にも頼らず、時折《ときおり》は寝ながら泣いた。

ある日彼女は生理が遅れ、保健室に行き、高久《たかく》に会った。真嶋《まじま》の異常を察知した彼女の優しい、粘《ねば》り強い説得に、真嶋はついに全《すべ》てを話した。脅迫《きょうはく》も、呪《のろ》いの力も。堰《せき》を切ったように涙が、言葉とともに溢《あふ》れ出た。本当は、誰かに話したかったのだ。どうにもならなくていい、助けて貰えなくてもいい、ただ真剣に、聞いて貰えれば、それでよかったのだ。

だが、高久は真嶋を裏切った。

真嶋は思う。……世の中には他人に対し、いくらでも非道《ひど》い事ができる人間がいる。

でも、確かに、その一方で——。

真嶋は、コウを見た。ただ恋人に似ているというだけで、自らの命を賭《か》けて助けてくれた少年を。わざわざロープを用意し、平然と会話しつつもずっと、真嶋の命を案じてくれていた少年を。

それはささやかな、しかし確かに奇跡《きせき》だった。

神でもなく悪魔《あくま》でもなく、人の身が起こした奇跡。

確かに、と真嶋は思う。

これからのあたしの人生は、辛いものになるのかもしれない。

でも、あたしは大丈夫。

（……あなたが助けてくれたから――）

真嶋は困っているような、照れた笑顔を浮かべた。その笑顔が、あまりに可愛《かわい》くて。

日奈《ひな》を思いだし。

コウは涙が出そうになった。

泣かなかったけど。

第四幕　犯人対決／事件解決

1

泣くのを我慢し、それができると、一つの疑問が生まれてくる。

何故《なぜ》自分は我慢できるのだろう。

どれ程《ほど》我慢しても流れ落ちてしまうもの、それが本物の涙ではないだろうか。我慢しようと思って我慢できる、そんなものが本物の涙といえるのか？　本当に大事な人が死んだなら、我慢などできるはずがない、そうじゃないか？

そうした問いに答えなどなく。

ただただ心を凍らせていく。

高久《たかく》に会った時、コウは怒りも憎しみも感じなかった。そこにいたのは、高久の様子《ようす》を冷静に観察している傍観者《ぼうかんしゃ》な自分だけ。高久は白の上下のジャージ姿、小脇《こわき》にスポーツバッグを抱えている。どこぞのジムにでも繰り出そうという姿だが、バッグの中に入っているのは着替えや飲み物だけではないだろう。

話がある、それだけで高久は現れた。

電話で高久は言った。

「日奈《ひな》さんの事、辛いでしょうね」

何故だろう、と自分に問う。何故怒りを感じないのか。悲しみも憎しみも感じない。マヒした心に在《あ》るのは分からせてやるという決意――いや違う、そんな熱いものじゃなく、強《し》いて言うなれば約束、自分との――だけ。

そう、約束は果たされなければならない、い、い、い、い、い、い、い、い、い。

高久を案内して舞原邸《まいばるてい》の裏庭に入る。裏門の近くには《部長》のプレハブがあるので、わざわざ表門から回って入った。途中、舞原　妹《いもうと》から連絡があった。

「何だよ、邪魔《じゃま》するなよ」

「高久は警察に尾《つ》けられていました。今も門の所で見張っています」

「別にいーよ。予想はしてた」

「はっきり言います。もしも真嶋《まじま》と高久のどちらかが犯人で、あなたが犯人に何かしようとしているのなら、時期を待つべきです。この状況では、いくら私でも庇《かば》いきれません」

「……余計《よけい》な事は考えんな。あんたは俺に、誰《だれ》も近づけないでおいてくれればいい」

「二度と、私をあんたと呼ばないで下さい」

そこで携帯《けいたい》は切れた。コウは振り返り、高久《たかく》に告げた。

「警察が、先生を尾《つ》けていたみたいです」

「……ごめん。あたし、容疑者《ようぎしゃ》だから……」

済まなそうな素振《そぶ》り。もっとも、気づいて無かったとは思えない。恐らく尾けさせたのだろう、安全措置《そち》として。コウは笑った。

「……先生のせいじゃないですよ。何しろ今ここには、山崎《やまざき》事件の容疑者、山崎に脅《おど》されてて自殺しかけた生徒、さらにその生徒を説得したのみならず恋人を殺したかもしれない男が揃《そろ》っているんですから。警察だって見過ごせませんよね」

「……真嶋《まじま》さんもいるの？」

「朝の騒ぎのせいで、もー有名人、周りがうるさくて、舞原邸《まいばるてい》に避難《ひなん》したんです。そんで、ついでに先生にも御足労戴《ごそくろういただ》いて」

裏庭の一角《いっかく》、枯《か》れた竹林《たけばやし》の中に茶室は建っていた。舞原邸は和洋折衷《わようせっちゅう》だが、裏庭は純和風《じゅんわふう》に拵《こしら》えてある、らしい。純和風というのがどういうものか知らないが、ぽつんと寂しげに建っている数寄屋造《すきやづく》りは成程《なるほど》わびさびという言葉がよく似合う。なんて思ったのは遠目《とおめ》で見ていたうちだけで、近づくとその大きさに驚いた。少なくとも十五畳はある、普通の茶室って、こんな大きなものなのかしらん。

戸は開いていて、真嶋が顔を覗《のぞ》かせていた。こちらを見、表情が変化する。あまりに正直な変わり様《よう》に、コウはため息をついた。

ま、隠したってしょうがない。

「あそこです。……ところで先生」

コウは高久に微笑《ほほえ》みかけた。

「カメラは持って来ましたか？」

高久は一瞬ぎょっとし、そして微笑んだ。

「……本当に、怖い子ね」

「先生には負けますよ」

「堂島《どうじま》くんが言うなら、褒《ほ》め言葉だ」

コウは口元《くちもと》を斜めにした。

確かに、称賛《しょうさん》の気持ちがあった。

そんな自分を怖いと思った。

2

茶室の周囲《しゅうい》見渡す限りに人影《ひとかげ》は無く、茶室の中には真嶋と少女しかいない。コウはそれを確認すると、しっかりと戸を落とした。四方の障子《しょうじ》も固定されてる。注文通り。

「……この子は……」

「ああ、こいつの事は気にしないで下さい。ジャッジですから」

「……ジャッジ？」

少女は何も答えない。前以《まえも》て少女には黙っているように、真嶋《まじま》には普通でいるように言っておいたが、少女は口ほどにものを言わせようかという勢いで赤い目をランランさせてるし真嶋はそれが普通なら異常《いじょう》の時はどんなだ？　と聞きたくなる、否《いな》、怖くて聞けないぐらいむっつりしていた。そんな異様《いよう》な空気の中、一人余裕《よゆう》を醸《かも》し出し、高久《たかく》は部屋を眺《なが》めると床の間に向かって左に腰を下ろした。

少女が座布団《ざぶとん》を差し出す。

自然と高久とコウら三人が向き合う形になる。コウ達は立ったまま。遠すぎず近すぎず、自然に距離を取り、四人は向き合った。

「それで、話って？」

「カメラと、それの起こした事件について」

高久は真嶋を見た。

「やっぱり、知ってたんだ、カメラの力。……あなたが教えたの？　あたしはてっきり、あなたは山崎《やまざき》さん本人の力だと勘違《かんちが》いしてると思ってたけど」

真嶋の顔から血の気が失せる。

「……じゃあ、先生、本当に……」

「……その口調からすると、堂島《どうじま》くんが自分で探り当てたって事か。へー。……それとも、探り当てたのは日奈《ひな》さんかな？」

「そのバッグ、渡して貰《もら》えますか」

惜しげもなく、バッグを放る。未練《みれん》も何も感じられない。

コウはバッグを受け取り、開けた。木製のポラロイドカメラを確認し、少女と真嶋が息を呑《の》む。

ついでにコウと真嶋と少女の写真もある。

いつの間に、と呻《うめ》く真嶋。

「見覚えない？　このバッグも山崎さんのなの。盗撮《とうさつ》用に改造してある」

コウはバッグを少女に渡した。と、止める間もあらばこそ、真嶋が横からカメラを奪う。

凝視《ぎょうし》して、

「……これが……。普通のカメラに見えるけど」

「か、返してくださいよう」

少女の手が届かないよう掲げ持ち、真嶋はまじまじとカメラを眺《なが》めている。そんな真嶋の様《よう》子《す》に、コウはほっとした。どうやら《ピンホールショット》は、真嶋には何も語りかけなかったようだ。少女の話によると、サンプルと違い本物は誰《だれ》でも話せる訳ではないらしい。本物の

《知恵の実》はある種のレーダーを持ち、周囲の人間の過去内面《ないめん》を検索《けんさく》し潜在的な願いを探り出し、それが自分に叶《かな》えられる願いであった場合のみ語りかけてくるのだという。つまり真嶋《まじま》は、《ピンホールショット》で叶えられるような願いを持っていないのだ。

山崎《やまざき》は、持っていた。

そして、高久《たかく》も。

コウはカメラに触れなかった。写真だけ取り、少女に渡す。

「……これで、日奈《ひな》を殺したんですね」

「そうよ」即答。

「なぜ、なんで、どーしてそんなひどいことを」

少女が叫んだ。コウに睨《にら》まれ慌《あわ》てて口を閉じ、手で押さえ、

「んーん、むーう、んんーんんん！ん？」

なおも続けようとする少女の頭をはたき、コウは高久を見た。

「それで、次は先輩《せんぱい》を殺すつもりだった」

「ええ。本当は真嶋さんから先に殺すつもりだったんだけど、事情が変わって。……あなたが今生きているのは、日奈さんのお陰なのよ？」

真嶋の顔から血の気が消える。

「……やっぱり、嘘《うそ》、だったんだ」

「嘘？ ……ああ、いいえ。今更《いまさら》信じられないだろうけど、あなたを助けたいと思ったのは本当。良い事はするものよね。御陰《おかげ》でこのカメラと出会えた」

「じゃあ、どうして山崎だけじゃなく、あたしや日奈さんまで」

高久はコウを見た。代わりに答える。

「先生が山崎を殺したのは、恨《うら》んでいたからじゃないんですよ。別に目的があったんです。その為《ため》に日奈も殺した」

「目的？」

んーんーんーと、少女が手を挙げた。

「ん？」

ほら、と少女は黒い羽根を見せた。おそらく少女の羽根だろう、コウは慌《あわ》ててそれをしまわせ、

「……いったい何だよ」

「本当に、日奈さんだけじゃなく、山崎さんも、この人が殺したんですか？ だって、あの状況じゃ、この人がカメラを使うのは不可能なんじゃ……」

「それに」泣きそうな顔で、真嶋。

「もしそのカメラにそんな力があるんなら、何でわざわざ近寄って、疑われているの？」

ふふ、と高久が笑みをこぼす。

「……そう、その二つがこの事件のポイントでした。——というか、実際は単純な事件である

にも関《かか》わらず、自分達で複雑な事件にしてしまった」

「どういう意味です？」

「自分で言っていて、気がつかないか？　……ま、無理も無いか」うんうん、と頷《うなず》き、

「……俺だって、目の前で恋人が殺されるまで、気がつかなかったもんなぁ。……何故《なぜ》日奈《ひな》は、殺されたのか？」

「それは、カメラを盗もうとしたから……」

少女の言葉に首を振る。

「違う。それは後付けの理由に過ぎない。例え日奈がカメラを盗まなくても、例え先輩《せんぱい》が何も知らなくても、先生は殺さなければならなかった。はっきり言えば、死ぬのは誰《だれ》でも良かったんだ。……そうですよね？」

高久《たかく》は黙ってコウを見ている。コウは続けた。

「何故なら先生は、山崎《やまざき》殺しの容疑者だから。例え凶器《きょうき》が見つからなくてもあの状況じゃ、犯人は、先生以外にあり得ない。だから先生はカメラを使って、早急に第二の事件を起こさなければならなかった」

「……それって……」と真嶋《まじま》。

「何のためです？」と少女。

「何故なら第二の事件は、必ず迷宮《めいきゅうい》入りになる。何しろ凶器は魔法のカメラ、犯罪の立証《りっしょう》は

不可能。そして第二の事件が起きてしまえば、山崎殺しも、もはや立件《りつけん》は難しいだろう。どんなに先生が怪しくても、死に方が同じである以上、第二の事件と同じ要因で山崎は死んだ、という可能性は否定できないのだから。

だからあなたは、最初から第二の殺人を行うつもりだったんだ。いいや、第二以降の殺人を。事件が増えれば増えるほど、高久先生、あなたの身は安全になる。日奈はそれを知っていた、今後も犠牲者《ぎせい》が増える事を。だからカメラを奪おうとしたんだ。だが、誤って偽物《パチモン》を盗《ツカ》んでしまい、殺された……」

「当たり」ぱちぱちと、拍手。

「その通り」

「そんな理由で……あんた、……最低よ」

真嶋の吐き捨てるような声に、高久は微笑《ほほえ》んだ。

「だったらどうする？　警察へ行く？」

「……無駄《むだ》でしょうね。カメラが凶器《きようき》じゃ」

「そうね。だったらどーする？　せっかくの密室だし、あたしを殺す？」

「まさか」

「……そうね、無理よね？　例え真実が分かったところで、それが何だというの？　あたしの犯行は上手《うま》くいき、もはやあたしが罪に問われる事は無い。……カメラを取られたのはイタいけどね」

真嶋《まじま》を見る。

「……何よ、もっと喜んだら？　あなたが一番得したんじゃない。あの卑劣《ひきよう》な男は死んで、日《ひ》奈《な》さんが身代わりになってくれて。バンバンザイ、でしょう？」

真嶋の顔が赤く染まった。

「あんた、あんた……」

詰めよりかける真嶋の肩に手をかけ押さえ、囁《ささや》くコウ。

「やめとけ。激高《げきこう》したって、先生を喜ばせるだけですぜ」

「でも、でも……」

「んー、んっんーんんーん？」

少女が手を挙げた。

「……何だよ」

「でも、まだ分かりません。あの時高久《たかく》さんは、カメラを持っていなかったじゃないですか。写真の有効時間は九分間、あの場じゃ写真は撮れませんし、小鳥遊《たかなし》さんの話では体育館にカメラを仕掛ける場所はないそうですよ。それなのに、一体どうやって？」

まだ分からないのか？　とコウは頭を振った。

「たった今、説明したろ？　日奈《ひな》は何故《なぜ》殺されたのか」

「最初の事件で無実になる為《ため》、ですよね。でもそれが……」

「……つまり、最初の事件だけじゃ先生は有罪になる可能性があるって事だ。分からないか？」

きょとん、と少女。やれやれとコウは肩を竦《すく》めた。

「じゃあ言ってやる。いいか、山崎を殺したのはカメラの力じゃない。単純に、あ、あ、あの時先生自、い、い、い、い、身に殺されたんだ」

そーいう事なのだった。

3
「そんな、だって、そんな、あの、でも」

パニックに陥った少女の頭をはたき、コウは真嶋に尋《たず》ねた。

「先輩《せんぱい》は、カメラに殺された動物の死に方を見てますよね、どんなでした？」

「どんなって、胸から血を吹き出して」

「どれくらい生きてましたか？」

「あっという間に死んだわよ」

コウは首をぶんぶん振った。

「そースよねぇ。心臓に穴が空いて生きていられる時間なんて、ほとんどありませんよね。日《ひ》奈《な》だって即死でした。間近《まぢか》で見てたから確かです」

「……もしかして」

「もしも先輩《せんぱい》があの場にいたら、山崎《やまざき》を殺したのは超自然の力じゃないって分かったはずなんです。だって山崎、苦しみ出してから死ぬまでかなり生きていたんだから。……畜生《ちくしょう》、なんで気づかなかったのか」

簡単だ。信じたかったのだ。超自然の力が働いたと。宇宙人が妹をさらっていく、なんて事が、現実にあるという事を。

「本当は単純な事件だったのに、こちら側で無理やり複雑にしてしまった」

「それじゃあ……」

「そう、見たまんまなんです。駆け寄った先生がその場で殺した。だからこそ先生は、カメラで誰《だれ》かを早急に殺さなければならなかった。カメラで起こした犯罪は立証《りっしょう》できませんから、それを山崎の事件と結び付ける事さえできれば、例え証拠《しょうこ》が出て来ても先生の逮捕は難しい。まず自分で殺し、次にカメラで殺す事で、普通の犯罪を不可能犯罪《はんざい》に変えた。

これは中々、見事だと思います」

「で、でもなぜ、なんで、どーしてそんな面倒臭《めんどうくさ》い事を」と少女。

「わざわざそんな事しなくても、最初からカメラを使えばいいじゃないですか」

だから、とコウは微笑《ほほえ》んだ。

「単純な話、その時先生は、カメラを持っていなかったんだ。だから自分の手で殺さなければならなかった。先生がカメラを手に入れたのは、事件の後だよ」

がくん、と少女のあごが地面に落ちる。

「そ、そんな、……バカな、だって……じゃああの時山崎さんは、何故《なぜ》突然苦しみ出したんです？　カメラの力じゃないなら」

「多分、こんなところじゃないかな。

全校集会の最中、ふとイタズラ心を出した先生は、山崎によく見えるようにして写真を取り出し、傷つけて見せたんだ。先生はただ、山崎をビビらせようと思っただけだったんだろうが、山崎は過敏《かびん》に反応した。何しろカメラで脅迫《きょうはく》を行っていた男だ、カメラの力を理解し、恐れてもいたはず。先生が『いつも自分がしていた事』をするのを見て、カメラを奪われた、今度は自分が呪《のろ》われたと思い込んでしまったんだろう。まさに《人を呪わば穴二つ掘れ》だな」

「そんな、思い込んだだけで苦しむなんて」

「苦しむんだよ、人間は」

コウは真嶋《まじま》に笑いかけた。

「ま、ある意味先輩が呪い殺したといえない事もありません。先輩を脅迫《きょうはく》できていなければ、山崎もこれほどカメラを恐れはしなかったでしょうから」

真嶋《まじま》は複雑な表情。

「しかし、本当に凄《すご》いのは先生だ。アレはイレギュラーだったはずなのに、山崎《やまざき》が苦しみ出した時、チャンスと見て躊躇《ちゅうちょ》せずに犯罪実行に踏み切った。全校生徒の目の前でいきなり苦しみ出す、この事実は山崎の死が普通の死に方ではない事を暗示させ、次に先生が起こす事件の布《ふ》石《せき》となる。こんなおいしいシチュエーションは他にないとはいえ、ためらいもなく飛び出せるのは凄い意志です。これは偶然《ぐうぜん》計画的になっただけで、本当は突発的な犯行《はんこう》だったはずだから」

「どういう事?」

「冷静に考えてみて下さい。魔法のカメラなんてオイしい凶器《きょうき》があったら、わざわざ足のつきやすい凶器を使ったりしないで、まずそれで殺そうと思うでしょう? 多分《たぶん》先生は、本当はカメラを盗み出すつもりで計画を立てていたんだ。

先輩《せんぱい》の話を聞いて山崎の所へ向かった先生は、偶然《ぐうぜん》カメラの存在を知り、わざと脅迫《きょうはく》されて山崎の家を出入りし、盗み出す機会をうかがっていた。カメラが殺したペットの死骸《しがい》を調べ、似た跡《あと》を残す針を手に入れ、さらにカメラの複製を作った。これは想像ですが、先生は山崎の目の前で魔法のカメラ《トリック》を演じ、勘違《かんちが》いさせて本物と入れ替えようとでも思っていたんじゃないですか?

その為《ため》に使う針を、先生は常に携帯《けいたい》していた。そして写真も。ふと悪戯《いたずら》心を起こした先生は、全校集会の最中、写真を取り出し山崎に見えるよう傷つけて見せた。その結果山崎が苦しみ出し、先生は躊躇《ちゅうちょ》せずに犯行に踏み切った。踏み切らねばならなかった。あんなに山崎を怯《おび》えさせては、もはやカメラを目にするチャンスはなくなるかもしれないから。だから先生は計画を変え、カメラと同じ痕跡《こんせき》を残す針を使い犯行に及んだんです。全校生徒の目の前で殺す、大胆《だいたん》といえばあまりに大胆不敵《ふてき》な犯行ですが、カメラさえ手に入れれば不可能犯罪《はんざい》に変えられる。それを見越しての、まさに、突発的計画的犯行。口で言うのは簡単ですが、凄《すさ》まじい精神力だと言わざるを得ません。

……以上、これが今回の事件に対する俺の——みークルの推理です。……どうです？」

「……大体《だいたい》当たってる。……凄いわね、みークルって」

「褒《ほ》められると恥ずかしいですね。推論ばかりで自白《じはく》に頼ってるし、正直、凶器《きょうき》をどこに隠したかも分かりませんし」

少女が焦った顔をしてコウに詰め寄り、何か言いかけた。目で制し、黙らせる。言いたい事は分かっている。高久《たかく》が《ザ・ブルマ》を殺すのに《ピンホールショット》を使っていないのなら、何故《なぜ》契約完了魔力《まりょく》は探知されたのか？　その時《ピンホールショット》が叶《かな》えたのは、誰《だれ》の、どんな望みなのか？　コウは後ろ手に指で、少女に合図《あいず》を送った。少女は気づかなかった。何度かそれを繰り返し、仕方なくコウは声に出した。

「今《いま》何分だ？」

あっ、と、慌《あわ》てて少女、高久の傍《そば》に近寄る。

「あたしたちの写真を撮ったのは、いつですか？」

「……この茶室に入ってからよ」

「じゃあまだ、五分位ですね」

コウは頷《うなず》いた。

「じゃあ先生、とりあえず後五分は、ここにいて怪しい動きはしないで下さい」

「……その後は？　あたしをどうするの？」

「どうもしませんよ」

「ちょっ」真嶋《まじま》の抗議の声を遮《さえぎ》る。

「推理こそ披露《ひろう》しましたが、現状では何もできません。俺達は勿論《もちろん》、警察も。……悔しいですが、先生の勝ちです」

「……それでいいの？　あたしは君の」

「カメラの回収、それだけで満足します」

高久《たかく》はコウを睨《にら》み、嗤《わら》い、立ち上がった。

「……そうよね。それしかできないものね。悲しいわね、無力ってのは。

いいわ、カメラは渡す。どうせもう、必要ないから。……でも、バッグは返してよね。警察に持っているところ見られているし、これ以上、疑われたくはないから」

コウはバッグを取った。高久に渡そうとして、笑う。

「一つ、いいですか？」

「何よ」

「先生は、魔法のカメラを使って、完全犯罪を成し遂げました。その為《ため》のカメラの使い方、実に独創《どくそう》的で見事です。同じカメラでも山崎《やまざき》の使い方は実に貧弱だった」

真嶋を見る。

「恐らく山崎は、あの歪《ゆが》んだ男は本当に、先輩《せんぱい》の事が好きだったはずです。しかし安易に脅迫《きょうはく》なんか行い、いつかは好きになってくれる、なんて夢を見ていたのかもしれませんが、結局は願いを叶《かな》える事なく終わった。もっと上手《うま》く使っていれば、きっと先輩の身体《からだ》だけでなく心も手に入れられたでしょうに」

「何言ってるのよ。そんなのあり得ない」

真嶋の怒ったような声。しかし真嶋は知らないのだ。山崎がカメラを使えたという事はカメラで叶えられる夢を持っていたのだという事を。しかし失敗し、カメラは山崎を見限り高久を選んだ。

「……何言いたいのか、あたしもよく分からないけど？」

「……でもそれは、何の為の犯罪だったんです？　山崎を殺してカメラを手に入れ、それで山崎殺しの無罪を得、そして今、あっさりカメラを渡してもいいと言う。一体、何をする為にカメラが欲しかったんですか？　まさか、ミステリー好きがこうじて完全犯罪を行ってみたくなった、なんて言いませんよね？　いったい、カメラで何をしたかったんです？」

「カメラで、……何を……？」

虚《きょ》をつかれ、高久《たかく》の顔が一瞬うろたえた。

「……山崎《やまざき》を殺して無罪になる為《ため》、じゃ、納得できない？」

高久の手からからバッグを遠ざけ、微笑《ほほえ》むコウ。

「ただ山崎を殺す為《ため》なら、あくまでまず盗み出す事を考えるでしょう。あなたには、このカメラをどうしても手に入れなければならない理由があった。だから日奈《ひな》だけじゃなく、カメラを知り得る真嶋先輩《まじませんぱい》まで殺そうとしたんだ」

「……理由、か。……そう、そう……ね」

呟《つぶや》くように、高久。その顔はコウを向いてはいるが、視線《しせん》は遙《はる》か遠くを見ている。

「言って、理解できるものかしら」

「試しに」

「……あたしはね、ただ、あのカメラが欲しかった。ただそれだけ」

「何よそれ！　そんなことの」

「……あたしもね、中学生の時に暴行されて、それから二年ぐらい、脅迫《きょうはく》を受けてたの」

穏《おだ》やかな眼差《まなざ》しに見つめられ、真嶋は息を呑《の》んだ。

「でも、本当に辛かったのは……あたしは勇気を振り絞《しぼ》り、親に告白し、助けを求めた。親は言ったわ。

こらえてくれと。

あたしを脅《おどか》していたのはね、父の会社の上司《じょうし》の子供達だったのよ。日炉理坂《ひろりざか》は、権力者におもねる土地。父は泣いてあたしに頼んだ。我慢してくれと。あたしに何ができる？子供のあたしは、思ったの。全《すべ》ては、力がないあたしのせい。あたしに力があれば、父も母も悲しませなかった。脅迫なんてされなかった。だから、父も母も恨《うら》まなかった。あたしを脅迫してる相手さえ憎まなかった。羨《うらや》ましかった。法を破っていながら裁かれる事のないような力を持っている事が。

それから、ずっと願ってたのよ。心の奥底《おくそこ》で。自分もいつか、そういう力を手に入れる事を。法にも何にも縛《しば》られない、裁かれる事のない、本物の力を手に入れる事を。

そのカメラに偶然《ぐうぜん》触わり、不思議な声がカメラの力を教えてくれた時、あたしはそれを思い出した。そして、決めた。例え何を犠牲《ぎせい》にしてでも、それを手に入れようって」

蒼白《そうはく》の真嶋の顔を面白そうに眺めた後、高久はコウに向き直った。

「あたしはただ、魔法の力が欲しかった。こんな答えでいい？

さあ、バッグを返して」

コウは嗤《わら》った。

「バカじゃねーのか」

絶句《ぜっく》する高久《たかく》、そして真嶋《まじま》の前でバッグを振る。

「お涙ちょーだいの秘密の過去を、エラくあっさり話してくれたな。あんたはやっぱり、余裕《よゆう》があんだよ、ナメてるっつーか、まだ自分がツイてると思ってんだな。……いいか、あんたがツイていたのは、日奈があんたがカメラの複製を作っているだろう事に気づかなかった時までなんだ」

隠しポケットから落ちたコウと真嶋《まじま》、そして少女を写した写真を拾い上げ、コウは嗤《わら》った。

日奈《ひな》らしくないミスだ、多分、人の命がかかっていたから動転《どうてん》していたんだ、優しすぎンだあいつはと嗤う。バッグからさらに、コウら三人の写真が落ちた。山崎《やまざき》は盗撮《とうさつ》用に隠しポケットを作り、撮った写真がそこに入るようにしていたのだろう。高久《たかく》はまず、そのポケットに入るように写真を撮り、次にカメラの位置を変えて撮り、わざと写真が目に付くようにしていたのだ。最初の写真に気づかれぬように。コウは新たに見つけた、計六枚の写真を手に広げてみせた。

「もう一度言う。あんたがツイていたのは、日奈があんたの魂を助けようとした時までなんだ。あんたは自分で、あんたを救う幸運の女神を殺したんだよ」

だっ、と高久は走り、傍《そば》にいた少女に駆《か》け寄った。その手の中の写真を、「あいたっ」少女の手ごと握り締める。

しかし、何も起きない。

コウは嘲笑《わら》った。その胸はべっとりと、赤い絵の具がついている。真嶋も、いつの間にか少女にも。

赤い絵の具は服を染め、三人の服装を変えている。

コウは嘲笑った。

「まだ分からないか？　なら何度でも繰り返してやる。あんたのツキは、もうとっくに落ちているんだ。同時にではなく日奈から殺し、日奈に、俺を助ける手段を与えてしまった時からな」

高久は少女の手をねじり、内ポケットからナイフを取り出しその首に押し当てた。叫ぶ。

「カメラを返せ！　さもないと、この子を殺すわよ！」

きゃああ、と少女は言った。さらに棒読み口調で叫ぶ。

「そんなことしてなんになる、んですかー。もーもくてきははたしたんでしょう？　あなたにそんなこと、できませんよーう」

そのあまりの不自然さに、コウは青ざめた。しかし高久は少女の喉《のど》に、ナイフの切《き》っ先《さき》を突き立てたまま。

「本気よ！　さあ、カメラを返して！」

コウはため息、少女に尋《たず》ねる。

「……さっきのじゃ、自白《じはく》にならないのか？」

きょとん、と少女。

コウは首を振り、あらためて高久《たかく》に尋《たず》ねた。

「本気でその子を殺す気ですか？　カメラを手に入れる、ただそれだけの為《ため》に山崎《やまざき》を殺したように？」

「ええ！　そうよ！」

「カメラを手に入れる為に、あのカメラを利用したトリックで山崎を殺したように、その子を殺すと言うんですか？」

「出来ないと思うの？　あたしは本気よ、すでに二人殺してる！　だから」

「あなたの望みはカメラを手に入れる事、そしてその為にカメラを使って山崎を殺し望みを叶えた！　そう解釈していいんですね？」

「時間稼《かせ》ぎはっ」

「そうか！」

叫んで、少女は再び黒羽《くろはね》を取り出した。黒羽？　いや、それは一同の見守る前で、どんどん白く染まっていく。ぐるん、と少女は身体《からだ》を回転、突き立てられていた刃《は》に喉《のど》が裂かれるにも構わずに背後の高久を見上げた。はにかんで、首を傾《かし》げ、口を開く。

「あなたの夢は《ピンホールショット》を手に入れる事で、その為に間接的に《知恵の実》を使い、望みを叶《かな》えた。以上、契約の履行《りこう》と完了、確かに確認しました。従って」

上着を脱ぐ。下にはあのボンテージ。
「謎《なぞ》は解けました。だから
あなたの魂《たましい》、いただきます」
その背中から、血飛沫《ちしぶき》を上げ翼《つばさ》が飛び出す。
あの時、闇《やみ》のように黒色に、巨大に屹《き》立《りつ》したその翼《つばさ》は。
今や
目が覚めるほどに真っ白だった。
なるほどなあ。

4

二人が呆然《ぼうぜん》としている中、変化は続いた。
背中から純白の翼を広げた少女は、そのまま空中に浮き上がった。全身を亀甲形《きっこうがた》に縛《しば》ってい
た白いベルトは千《ち》切《ぎ》れ弾《はじ》け、赤と青のベルトは光となって少女の頭上を八の字に回る。かつて
は黒のエナメルベルトはいまやシルクの羽衣《はごろも》となり、己が白さに照り光る肌《はだ》を優しく彩《いろど》り巡り、
肌とは逆の漆黒《しっこく》の髪《かみ》が天然《てんねん》の波にうねり舞う中、ますます輝く赤い瞳《ひとみ》はあたかも皆既《かいき》日食《にっしょく》中
の太陽のようだった。

高久《たかく》がため息をついた。

思い出したのだろう。

無意識下《か》に、仕舞《しま》い込まれていた契約を。

「……してやられたってわけね」

「勘違《かんちが》いしないで下さい」

コウは高久に声をかけた。のろのろと、高久がコウを見る。

「日奈《ひな》は先生の魂《たましい》を、悪魔《あくま》に渡すのを嫌がってました。先生が日奈を殺さなければ、こんな事にはならなかった。だからこれは、あなたが受ける当然の報い。俺の復讐《ふくしゅう》は」

ポケットからナイフを取り出す。

「これからです」

コウは少女の肩を引き、後ろに突き飛ばすと、

(ちよっとコウさ、え？　あ、きゃあああ？)

高久に向かって飛び掛かっていった。

5

コウが動くと同時に真嶋《まじま》も動いた。しかし、それは予想の範囲内《はんいない》。掴《つか》まれる瞬間、屈《かが》み込ん

で思い切り真嶋の足を払う。転げ倒れた真嶋の弁慶《べんけい》の泣き所を蹴飛《けと》ばすと、コウは少女が（予想通り）パニックに陥っているのを確認して再び高久に向かおうとして、

「止《や》めるんだ！」

横から思わぬタックルを食らった。

《部長》だ。……《部長》が何故ここに？

一瞬パニックになる。

（落ち着け、冷静になれ）

畜生《ちくしょう》、何故《なぜ》疑いもなく舞原《まいばる》妹《いもうと》を信じ込んだんだ、予想できて然《しか》るべきだったのに。

コウは《部長》に押し倒されてもがきながら辺りを見回した。床の間の反対側の壁が外れ、舞原妹がこちらを見ていた。外に人影《ひとかげ》は無い。コウは少女を見た。どーしましょうどーしましょうとあわてふためきながら目録《もくろく》をめくっている。コウは真嶋を見た。目が合った。涙を浮かべ足を押さえながらも、既に立ち上がりかけている。コウは冷静に《部長》の様子《ようす》をうかがった。コウにむしゃぶりつき、なんとかナイフを取り上げようとしている。この三束元生《みつかもとなり》という男、ケンカが苦手《にがて》で暴力に脅《おび》えるくせに、その実《じつ》恐ろしく強い。それも努力の成果ではなく、天然《てんねん》自然に強いのだ。まともにやれば、勝てない。冷静に状況を分析《ぶんせき》すると、コウは身体《からだ》を回して《部長》の身体の下に入り、足で部長の腹を押さえた。しかし部長は頓着《とんちゃく》せず、そのままコウを押さえ込んでくる。

コウはナイフの刃《は》を持つと、そのまま《部長》に手渡した。虚《きょ》をつかれた《部長》がナイフの柄《え》を握った瞬間、その手を握り渾身《こんしん》の力を込めて自分の方に引き寄せる。ナイフの先がコウの胸に当たった。《部長》が止めなければそのまま突き刺さっていただろう。しかしコウは手を緩めない。《部長》は慌《あわ》てて抵抗する。危険な拮抗《きっこう》。

他人には《部長》がコウを刺そうとしているように見えるだろう。実際は逆なのだが。

復活した真嶋《まじま》が慌てて《部長》の背中に飛びついた。ナイフでコウを刺そうとしている（ように見える）部長を引き離そうと力を込めた瞬間、コウは手の力を抜き足で思いきり《部長》の身体《からだ》を押し飛ばした。コウと真嶋と《部長》、三人分の力は《部長》と真嶋をまとめて部屋の外へと吹き飛ばす。舞原妹《まいばるいもうと》をも巻き込んで。コウはすかさず立ち上がり。

——小鳥遊《たかなし》と向き合った。

（畜生《ちくしょう》、やはり、いた）

小鳥遊恕宇《じょう》は女だが、毎朝神道新鷹流《しんとうあらたかりゅう》とやらを鍛練《たんれん》しているだけあって、これまた強い、コウよりも。膂力《りょりょく》だけなら《部長》が上だが、小鳥遊は加えて頭も切れる。再びパニックが襲《おそ》ってくるのを感じ、コウは唇《くちびる》を噛《か》んだ。

（落ち着け、冷静になれ）

頭を回転させる。

少女はまだパニック状態。が、いつ我に返るか分からない。我に返れば、コウが目的を果たす前に高久の魂《たましい》を奪ってしまうだろう。

時間が無い。

コウは後ろの気配をうかがった。真嶋も《部長》も、すぐに復活してくるだろう。

仕方ない。

ポケットから二本目のナイフを取り出す。

狙うのは、真嶋。真嶋を本気で攻撃する。

い、い、い、い、い、い、い、い、い、い、い、い、
それしかない。

真嶋の実力は未知数、しかし、いくら現役バレー部とはいえスポーツ選手、ケンカに慣れてるとは思えない。コウは運動部にこそ入ってないが、その珍妙《ちんみょう》な過去のお陰で色々修羅場《しゅらば》をくぐっている。小中学生時代、毒や刃物《はもの》を平気で用いる子供相手にケンカしてきた、その経験は伊達《だて》じゃない。

真嶋の動脈を狙い、出血させる。

《部長》は止血《しけつ》法など知らないだろうから、小鳥遊が止血するしかない。《部長》だけが相手なら、何とかあしらえるかもしれない。

コウは冷徹《れいてつ》に決定を下した。

決まれば、後は行動するのみ。

下手《へた》すれば致命傷《ちめいしょう》。ひどい行為だとは思うが、それでも、できない、とは思わない。

小鳥遊《たかなし》と目が合う。

「本気の俺を、止められますかな」

感情を込めず、コウ。

「……いや。でもな」

小鳥遊の、妙に落ち着いた声。

「恋人が人殺しになるのを、日奈《ひな》が望むと思うか？　喜ぶと思うのか？」

「バカかお前は」コウは嗤《わら》った。

「何やったって、死人は喜ばねーよ」

「……そうだな」

困ったように、でも小鳥遊は微笑《ほほえ》んだ。

「……それでも私は、日奈を、あいつを悲しませたくないんだ」

小鳥遊はポケットから蝶々《ちょうちょう》ナイフを取り出した。先に髪《かみ》を切った奴《やつ》。ぎこちない手つきで刃《は》を開き。

高久《たかく》の方へと歩き出す。

完全に虚《きょ》を突かれたコウは、《部長》と真嶋《まじま》に押し倒された。二人とも、小鳥遊の行動には気づいていない。コウは今度こそ本物のパニックに襲《おそ》われた。暴れ、もがき、転げ回るが二人の体重からは逃れられない。

目だけが小鳥遊に追いつく。

恕《じょ》とは慈愛《じあい》、宇《う》は空間。小鳥遊恕宇という世にも優しい名を持つ少女は、高久の胸を摑《つか》むと、右手をゆっくりと振り上げた。

高久は、微笑《ほほえ》んでいる。

コウの口から、声にならぬ叫びが上がる。

小鳥遊の右手が、重力の命ずるままに振り落とされていった。

6

「分かりました！」

小鳥遊の手が振り落とされた瞬間、赤と青の光が走った。と。

「あいたぁ？」

いつの間にか少女が高久の前にいて、その肩にナイフが突き刺さっている。

少女は無言、泣きそうな顔で小鳥遊を見上げた。

「あう……あ、いや、ご、ごめん……」

激しく狼狽《ろうばい》し、小鳥遊は傷口《きずぐち》を押さえながらナイフを引き抜いた。が、刃に、血は一滴《いってき》もついてない。それどころか、傷口そのものが消えている。

少女はいいんですと首を振ると、コウに向かって手を振った。

「見てくださいねっ！」

唐突《とうとつ》に、高久《たかく》の頰《ほお》を張る。どれほどの力を込めたのだろう、高久の首が一回転した。顔《かお》自体はもとの位置に戻っているが、深刻なダメージがあったのは一目瞭然《りょうぜん》、しかも張られた側《がわ》の眼球が飛び出して、反動のままに頰《ほお》の辺りをぶらぶらしているではないか。

……が、生きている。

小鳥遊《たかなし》が、その場にへなへなと座り込んだ。慌《あわ》てて駆《か》け寄り肩を抱く。

高久は、何が起きたか分からない、といった具合に少女を見ている。少女は笑みの消えたその口に指を突っ込むと、

「痛みは消してありますから、しばらく我慢してくださいねっ」

下顎《したあご》を引き裂いた。胸の辺りまで落ちた下顎からは、しかし血が一滴《いってき》も流れ出て来ない。少女はうんと頷《うなず》くと、今度は耳を引き千《ち》切った。いや、神経のようなものが傷から伸びて耳を身体《からだ》につなげていて、しかもやはり無血《むけつ》状態。今度は手を、そして足を、と、思わず描写を控えずにはいられない、少女の、——肉体改造《かいぞう》、は続く。

少女の声が聞こえた。

「復讐《ふくしゅう》を望む人のほとんどは、相手の死を望んでいる訳《わけ》じゃないんです。本当は、相手が苦しむのを見たがってる、だからこーんな目にあわせてあげれば、復讐心は満足するとマニュアル

にありました。だから、もう少し我慢してくださいね。痛くはしませんから」

奇妙な音が、いや声が、かつて高久の喉《のど》があった辺りから聞こえた。コウは見入られたようになっている小鳥遊の顔を自分の胸に押し当て、視線《しせん》を遮《さえぎ》った。抵抗はない。後ろを見る。

《部長》が同じようにして、放心している真嶋《まじま》を抱き締《し》め自分も目をつぶっている。いやどうやら、気絶《きぜつ》してしまったらしい。その後ろでは舞原妹《まいばるいもうと》が、しかしこちらは明らかに自分の意志で、惨劇《さんげき》を見つめていた。

コウの視線に気づき。

微笑《ほほえ》んだ。

首を振り、促す。

そうだ。

コウは視線を少女に戻した。多少手順《てじゅん》が狂ったとはいえ、これはコウの望んだ結末だ。見届けなければならない。

鶏《とり》を絞《し》められない者に、鶏肉を食べる資格はない――。

高久――だったモノと、目が合う。恐怖に歪《ゆが》んだ、しかし理性を湛《たた》えた目と。

コウは微笑みを浮かべた。

おい、知ってるか？　魂《たましい》を奪われるというのは死ぬ事じゃ無く、永遠に生き続ける事だそうだ。日奈《ひな》を殺したお前には、丁度《ちょうど》いい、永遠に償《つぐな》って貰《もら》わなければ、俺の気は晴れないからな。

出来れば俺《おれ》自身の手で、永遠に残る傷を、苦しみを与えてやりたかったが、やっぱりモチはモチ屋、プロの技は違うなぁ。

これが俺の復讐《ふくしゅう》だ。

永遠の時間があれば。

俺から日奈《ひな》を奪った事を。

いつかは後悔《こうかい》してくれるだろう。

おい、知ってるか？　復讐という料理は冷ませば冷ますほど美味くなるそうだ。お前はこれから永遠に、俺のために冷めていくんだ——コウは最後まで微笑《ほほえ》みを浮かべ、高久《たかく》を眺《なが》め続けた。それでも、少女がこれでいいですか、満足していただけましたかと聞いた時には、急いで首を振ったのだった。


では、と少女は高久だった肉体に手を翳《かざ》した。

頭上に八の字の軌跡《きせき》を描いていた赤と青の光が、手を伝わり肉塊《にくかい》の回りを回転し出す。赤と青の高速回転に包まれ、肉塊は白熱し、形はそのままに縮小を始める。

あっという間に、肉塊は卵程《ほど》に小さくなった。

「我が王よ、今、御許《みもと》にしもべを送ります」

目録《もくろく》を掲げ、開く少女。そこには七色に光る空間が広がっている。

「ベルゼバブ様、御照覧《ごしょうらん》！」

叫ぶと同時に、少女は開いたページ——空間を、小さな高久《たかく》に叩《たた》きつける。そして本を持ち上げる。と、もうそこには何も無い——。

全員、固唾《かたず》を呑《の》んで見守る中——。

「……いや、あの、これだけなんですけど」

……こうして、事件は幕を閉じた。悪魔《あくま》と魔法のカメラの事件は、それ相応《そうおう》の幕切れを迎えたのだった。

でも物語は、もう少しだけ続く——。

第五幕　終幕／誘惑／結末

1

《部長》のプレハブに場所を移し、夜だしいいかという事で、一同は宴会《えんかい》に突入した。

「……全《すべ》て、話して貰《もら》うぞ」

小鳥遊《たかなし》らに詰め寄られ、コウは話した。カメラの事、悪魔《あくま》の事、日奈《ひな》の死、全て……。

「まさか知らない間に、そんな事が起きていたとは……」

大きく一つため息をつき、《部長》は少女を見た。

「ところで君は、悪魔なのだな？　本物の」

「はい」

「みークルに入らないか？」

一同はずっこけた。（勿論舞原《もちろんまいばら》妹《いもうと》は除く）

頭を振りつつ、小鳥遊、

「……お前なぁ」

「何だ？　悪魔《あくま》だぞ？　いかにもみークル向きの人材ではないか」

「みークル向きって……どんな部活だ、そりゃ」

「あんたらねぇ、もっと真面目《まじめ》な会話できないの？」

首を振る真嶋《まじま》。ちなみに真嶋と部長、同じクラス同士らしい。

「そう言えば、お前もだぞ、真嶋アヤ。何故《なぜ》そんなみークル向きの事件に巻き込まれていながら、黙っているんだ。ああ、僕の活動はいまだに世間に認められていないのか。いつになったら僕は、三束元生《みつかもとなり》を名乗れるんだろう」

「勝手《かって》に名乗れ。……にしても、高久《たかく》を殺そうなんてやり過ぎだ。お前はそれでも、日奈《ひな》の恋人か？　日奈の事を分かってない」

「だからあ、傷つけるだけで殺すつもりはなかったんだよ。それをてめー、何だよ、おいしいトコだけ持って行こうとしやがって」

「当然だ。日奈を想う気持ちでは、私は誰《だれ》にも負けないのだ」

「……みークルって……」

真嶋は、コウを始め全員が全く普通？　に振る舞っている事に困惑《こんわく》している。彼女は分かっていない、みークルの人間は本質的にアウトロウだという事を。アウトロウとは、どんな時にも自分のペースを崩さないもの。

「ところで、警察に連絡は？」と《部長》。

「その件は私が善処《ぜんしょ》します」

……善処？

舞原《まいばる》妹《いもうと》は飲み物を作り、少女に渡した。作ると言っても、少女は某《ぼう》飲料を割る為《ため》に使う炭酸水をそのまま飲んでいる。

「……それで、高久《たかく》の魂《たましい》をこの子に引き渡した、その目的は何ですか？」

「そんなの、復讐《ふくしゅう》に決まってるじゃない」

「先輩《せんぱい》は分かってないな。この男はついでに復讐する事はあっても、それ自体を目的にするような陳腐《ちんぷ》な人間じゃないんだ」

「そうとも。僕のみークルの為だ」

小鳥遊《たかなし》は《部長》を無視しコウを睨《にら》んだ。

「言え、何を企んでる？」

「分かってるくせにぃ」

口元《くちもと》を斜めにする。

小鳥遊と舞原妹が、同時に言った。

「日奈はそんなの、望まない」

「冬月《ふゆつき》はそれを望まないでしょう」

コウは口を開いた。同時にドアも開いた。

「やっぱり、みんなだ。どーしたの？」

シンとなる。

入って来たのは舞原姉《まいばるあね》。コウを見、顔を真っ赤にすると妹の隣に座る。妹は顔色を変えず、姉の為《ため》にグラスを取った。

「友達の家に、行っていたのでは？」

「面白くなくて帰ってきた。ええと……」

「紹介しよう。こいつは真嶋《まじま》アヤ。こっちは悪魔《あくま》の少女だ」

コウと小鳥遊《たかなし》の張り手が飛んだ。

「何をするんだっ。痛いじゃないか」

「……らしくないな、《部長》。お前とした事が、この子の本質を認めないなんて」

部長は見るからに狼狽《ろうばい》した。少女を見、

「何て事だ、済まない、てっきり悪魔、だけだとばかり。……君の名前は？」

「名前、ですか？　名前は……まだ」

「アトリだ」

少女の言葉を遮《さえぎ》るように、小鳥遊はその言葉を紡《つむ》ぎ出した。コウはぎょっとし小鳥遊を見る。

小鳥遊はコウの視線《しせん》にも平然と、

「アトリ」再び繰り返す。

「アトリ、ですか？」

少女は照れたようにうつむいた。

「そうですね、仕事もできたし。もう名乗っても、いいですよね」

「悪魔のアトリ、か。よし、忘れないぞ。悪魔のアトリの少女よ」

「アクマノ・アトリ？　変な名前ね」

容赦《ようしゃ》ない姫《ひめ》の突っ込み。

「……でも、アクマノアトリって、どっかで聞いたような……」

「うん」コウは頷《うなず》いた。

「俺の妹と、同じ名前なんだ」

一瞬、場が静まり返る。

「……ま、そーゆーエンだから。年《とし》格好も同じくらいだし、ほっとけなくてな。よろしく面倒《めんどう》見《み》てやってくれ」

何故《なぜ》小鳥遊は、妹の名をつけたのだろう。

小鳥遊は飄々《ひょうひょう》と某《ぼう》飲料を口に運んでいる。

亜鳥《あとり》。消えた妹の名前。

「冬月《ふゆつき》さんが死んじゃって、そしたら妹さんと同じ名前の人が……。すごい偶然《ぐうぜん》ね」

あんたね、と呆《あき》れたように窘《たしな》める真嶋《まじま》の声は聞こえていなかった。唐突《とうとつ》に強い涙の奔流《ほんりゅう》が胸に込み上げ、首を上《のぼ》り、目に押し寄せ、

（泣かない、泣かない、絶対泣かない！）

コウはプレハブの外に転がり出た。

プレハブの外に転がり出ると、コウは腹を押さえ掻《か》き毟《むし》り、額《ひたい》を地面につけて這《は》い回った。これまで出会った事のないぐらい巨大な、涙の発作《ほっさ》だった。ダムの決壊《けっかい》だ。拳《こぶし》を堅く握り締《し》め、額《ひたい》を地面に打ち付ける。やばい、この発作は致命的だ、今《いま》泣いてしまえばもう止まらない、折《せっ》角《かく》今まで溜《た》め込んで来たものが一気に溢《あふ》れ出てしまう。……駄目《だめ》だ、それだけは、絶対にそれだけは——。

（……手に取れ）

背後でドアノブの回る音がした。

尋常《じんじょう》じゃない出方をしてしまったから、恐らく誰《だれ》かが様子《ようす》を見に来たのだろう。畜生《ちくしょう》、こんな所を、人に見られていいのか？

（手に取れ）

妙な声が聞こえた気がして、コウは乾き切った眼窩《がんか》を向けた。目の前に、カメラがある。……何故《なぜ》狙い撃ち《ピンホールショット》がこんな所に？　しかもリンゴだった。……リンゴ？　いや、どう見てもカメ

ラ。何でリンゴがカメラに見えるのだろう。いや違う、あれはカメラだ。……リンゴ？

（手に取れ！）

コウは、……カメラ《リンゴ》を手に取った。

突然、音が消えた。風が、あらゆるものの輝きが消える。コウは背後を振り返った。ドアが開きかけ、誰《だれ》かの手と髪《かみ》が見えていたが、しかしそれ以上動かない。微動《びどう》だにせず、不自然極《きわ》まりない形で固まっている。

まるで時間が止まったみたいに。

（堂島《どうじま》コウ）

心の中に、声が響《ひび》く。

（悪魔を騙し願いを叶えたお前は、悪魔の試練を受けねばならない。何故なら神は、人間の自由意志を尊ばれるから——）

手の内にあるリンゴ、いや《ピンホールショット》から、聞こえてくるその声は——。

「……！」

光が走り、コウの身体《からだ》は無くなり——。

2

そこは、学校の教室の中だった。そこは私立徒原《あだしばら》中学校の三年B組で、コウは友達に《ザ・ブルマ》と呼ばれからかわれていた。

（これは……俺は今、山崎《やまざき》の中にいるのか？）

事の発端《ほったん》は女子のブルマが盗まれた事で、彼はその犯人にされたのである。それはすぐに誤《ご》解《かい》だと判明したが、その後もクラスメイトは彼の事を《ザ・ブルマ》と呼び続けた。そして、それまで勉強も運動もでき過ぎて近寄りがたい奴《やつ》だとクラスメイトに敬遠《けいえん》されていた彼は、《ザ・ブルマ》と呼ばれからかわれる事で、初めて友達らしい友達と友達的な時間／空間を過ごせた。そう、彼は勉強もでき運動もでき顔もそれなりにいい《完璧《かんぺき》》な印象を与える人間で、そして彼の持つそうしたイメージは彼自身をもそうあるように拘束《こうそく》し、それゆえ彼は周囲から孤立していた。《ザ・ブルマ》という呼び名は、完璧超人《ちようじん》である彼を卑俗《ひぞく》な人間へと変え周囲に溶け込ませる魔法の呪文《じゆもん》だったのだ。

だから彼は生徒から教師になっても、《ザ・ブルマ》と呼ばれたがった。近寄りがたい偶像《ぐうぞう》ではなく卑俗《ひぞく》な人間になりたかった。教育と環境により建前でしか語れなくなった彼の、それは心の底からの願いだった。

《知恵の実》にさえ出会わなければ、彼は夢を夢としたまま、生徒から慕《した》われる先生として生き続けていただろう。誰《だれ》にも本当の自分を、分かって貰《もら》えないままで――。

（……これは、《ピンホールショット》が吸収した、手に触れた者の経験……）

（なんでこんなの、俺に見せる……）

気が付くとコウは、机に向かって卒業文集に載せる作文を書いていた。

題は、「将来の夢」。

（これは……高久《たかく》。高校生の高久の……）

シャーペンが紡《つむ》ぐ少女の夢を、コウは高久の目の中で見る。

（――私は保健室で先生をしたい。生徒の身体《からだ》だけでなく、心のケアもできるような、そんな先生になりたい。ただ弱いというだけで、辛い思いをしている人に、少しでも力になってあげたい……）

中学生の時の、二年に渡る辛い脅迫《きょうはく》の体験が、彼女にそんな夢を持たせた。

《知恵の実》にさえ出会わなければ、彼女はその夢を叶《かな》えてたくさんの生徒を救えたかもしれない。少なくとも彼女は、真嶋《まじま》の異常に気づいてあげられたのだから。初めは本当に、真嶋を助けようとしていたのだから。

だが《知恵の実》は、彼女の心の奥底《おくそこ》の本当の願いを掘り起こし、彼女はそれを諦《あきら》められなかった。

（何故《なぜ》だ、何故こんなものを俺に見せる！）

気が付くとコウは自宅にいて、魂《たましい》について語る悪魔《あくま》の少女をぼんやりと見ていた。そう、昨《き》日《のう》の夜のあの時、魂を奪われた人間は永遠に生き続けると聞き、コウは復讐《ふくしゅう》を決意したのだ、悪魔の力を使って、高久《たかく》に永遠の苦しみを味わわせてやろうと。

（お前は悪魔の力を借りて望みを叶《かな》えた……そうだろう？　堂島《どうじま》コウ）

頭の中に響《ひび》く声。

「……ああ、そうかもしれないな。だからなんだ？　魂をよこせとでも？　俺はそんな契約をした覚えはないぜ？」

（……そしてお前はこれからも悪魔を利用し、自分の願いを叶えようとしている……）

頭の中の声が、優しい女性の声になる。

（悪い事は言わない、引き返しなさい。君はまだ知らないの、悪魔の、誘惑《ゆうわく》の本当の恐ろしさを）

「日奈《ひな》の声か」コウは笑った。

「生憎《あいにく》だが、俺は引き返さない。俺は必ず、日奈を生き返らせてみせる」

（あたしはそんなの、望まない）

「死者は何も望めないさ。悔しかったら生き返ってみろ」

（君の魂を代償にして、あたしが喜ぶと思う？）

「俺は」

《こいつは魂なんか代償にする気はないのさ》

　割り込んでくる、キーキーした子供声。

《こいつは、あの少女を上手《うま》く誘導《ゆうどう》して復讐《ふくしゅう》を果たしたように、うまく《知恵の実》を手に入れる段取りをつけたように、高久が後一歩のところまでいったように、自分の知恵で悪魔を騙《だま》し魂を渡さずに日奈を生き返らせるつもりなんだ。自分にはそれができると思っているんだ。……全く、人間ってのはなんて傲慢《ごうまん》でずる賢いんだろうな》

（でも人間にはそれができる）

《ああ人間にはそれができる。神は人を愛しているから。結局のところ》

（悪魔は人間には勝てない。だから）

《悪魔はただ、知恵の実を勧める。人を打ち負かすのではなく》

（その自由意思を偏向《へんこう》させる。……そう、堕落《だらく》。ああ、堂島《どうじま》コウ、引き返しなさい。さもないと、君は）

《悪魔の、、、、、、真の恐ろしさを、、、、、、自らの身で知る事に、、、、、、なる――》

「引き返せるもんか」

それはコウの声だった。コウはてっきり、自分が発したものだと思った。が、違う。目の前で話し続けていた少女が、いつの間にか口を閉じ、こちらを凝視《ぎょうし》している。

唐突《とうとつ》に闇《やみ》が降り、全くの暗闇《くらやみ》の中、コウは少女と対峙《たいじ》していた。少女？　いや違う、立ち上がった少女はコウと同じくらいの背丈、同じくらいの年齢《ねんれい》に成長し、闇の中で首を振った。緩やかに流れる長い黒髪《くろかみ》が切れて飛び散り、闇に同化し、次の瞬間マントとなって少女を覆《おお》う。少女？　いや違う、それはいまやマントを羽織《はお》った堂島《どうじま》コウの姿となって、コウ本人と向き合っている。

「お前はなんだ？」コウは尋《たず》ねた。

「俺は悪魔《あくま》さ」コウは答えた。マントの大きな襟《えり》をたて、、、、、、、、、、、、、

「まだそのものじゃないけれど、悪魔のミカタをするものさ」

「ふざけるな」

（ふざけてなどない）

耳に聞こえていた声が、再び頭の中に響《ひび》く。しかし声はコウのまま、

（堂島コウ、お前は悪魔にとって悪魔だ。お前は悪魔を騙《だま》し、悪魔の上をいき、悪魔を好き勝《かっ》手《て》利用して自分の欲望を満たしても魂は渡さない、そんな事を企んでいる恐るべき人間だ）

「……」

（そしてそれはそのまま、お前の恐るべき可能性となる。お前はいずれ日奈《ひな》を生き返らせ、あ

るいは妹を見つけ、母をも生き返らせ、地位名誉《めいよ》財宝を手に入れてしかし魂《たましい》は支払わない、それだけの事をする知恵と力と運を持った人間となるかもしれない）

「……照れるなぁ」

何となく気持ち悪い予感に、辺りを見渡してみる。勿論《もちろん》周囲は黒一色、上も下も分からない。

「そんなに誉《ほ》めても何も出ないぞ。……いったい何が言いたいんだ？」

（魂とは可能性、可能性とはエネルギー。《知恵の実》は所有者の持つ他の全《すべ》ての可能性を切り捨て夢を叶《かな》える可能性だけを残す事で、所有者の夢を実現させる。切り捨てられた可能性はエネルギーに変換され、新たな《知恵の実》のエネルギーとなる。つまり、魂こそが《知恵の実》の動力なのだ。魂を引き渡さずに願いを叶《かな》え続ければいずれエネルギーは尽き、《知恵の実》そのものが失われてしまう。即《すなわ》ちコウ、お前の持つ可能性は《知恵の実》の存在を破壊しかねない、悪魔の存在理由そのものを揺るがしかねないモノなのだ）

「そんな大袈裟《おおげさ》な」コウは苦笑《くしょう》した。

「えらく持ち上げてくれるが、可能性っつー話しなら、誰《だれ》でも持ってるもんだろうが。そんなおだてにゃ乗らないぜ？」

（おだて？）

（悪魔はヒトを見くびらない）

（大体《だいたい》お前は、そのつもりでいるのだろう？　魂を渡さずに、日奈を生き返らせてやろう、そう考えてはいないのか？）

コウは、……押し黙った。

さっき、日奈《ひな》の声が言っていた事を
《悪魔の真の恐ろしさを、自らの身で知る事になる——》

思い出し、頭を掻《か》く。口元《くちもと》を斜めにし、

「ひょっとして俺、殺されるわけ？」

（まさか）

頭の中で笑声が響《ひび》く。

（悪魔《あくま》は契約と自由意志を尊ぶ。……堂島《どうじま》コウ、我らは友人になれる。我々はそう、考えているのだよ）

「……友人？」

突然、心臓が鼓動《こどう》を打ち始めた。早く、高く、急を告げるように。いけない、と胸の奥で誰《だれ》かが呟《つぶや》く。堂島コウ、お前はここで引き返さなければならない。さもなければ、お前は悪魔の真の恐ろしさを知る事に——。

（さぁ）

マントをつけたコウが、右手を差し出した。

手のひらには小さなリンゴの模型が一つ。

「これは」

リンゴは表面に血管のようなものが走っており、どくんどくんと脈打っていた。それにあわせ、コウの心拍《しんぱく》がさらに速まる。触れる前から、コウはそれが何か分かった。それに触れてはいけない、と心が警告を発する。ああ、何故ならそれは、悪魔の本質を教える恐ろしいものだから。

（だからコウ、悪魔は君にこれを差し出す。悪魔が君の——そう、友達である事を証明する為《ため》に。我々は仲間であり、同士であり、共存できるのだ——）

手のひらの上で、コウの鼓動《こどう》に合わせどくどくどくどくと脈動《みゃくどう》を速めるリンゴの模型。

コウの右手が勝手《かって》に動き、それを受け取った。

たちまち音と映像が、頭の中に溢《あふ》れ出す——。

まだ名もない、《それ《It》》と呼ばれるその《知恵の実》は
百八量の魂エネルギーを回収する事で、死者を生き返らせ得る《知恵の実》となる——。

「……じょう、……だん、だろ？」

（冗談《じょうだん》ではない。それは本物だ。その通りに機能する）

嬉《うれ》しそうな悪魔《あくま》の、いや堂島《どうじま》コウの声。

「ふざけるな……こんな……」

（勿論《もちろん》《それ《It》》を使わなくても、いずれ君は偶然《ぐうぜん》別の《知恵の実》に出会い、うまく知恵比《くら》べに勝って、魂《たましい》を代償《だいしょう》にせずに日奈《ひな》を生き返らせられるかもしれない。だがしかし、そう上手くはいかない可能性も確かに存在するのだ。だが《それ《It》》は、確実に冬月日奈を生き返らせられる。それも、君自身の魂を、引き換えにせずに）

「そんな……」

（我々は《それ《It》》を君に与えよう）

悪魔の声が脳裏《のうり》に囁《ささや》く。

（君自身が悪魔となり、人間の魂を《それ《It》》に回収するのだ。そうすれば君は自身を犠牲《ぎせい》にする事無く、しかも確実に冬月日奈《ふゆつきひな》を生き返らせられる。我らが損する事もない。君は悪魔の仲間となって、自分の欲望を叶《かな》える為《ため》に他人の魂を奪うのだ――）

他人の魂を使って――。

「……っ、ふざけるな！」コウは叫んだ。

「確かに、魂を渡さずに済めばいい、だが、それはあくまで自分の力、賭《か》けるのは、あくまで自分の魂だ！　他人の魂を使うなんて、そんな、そんな……」

（かっこつけるな、堂島コウ）

（お前が高久《たかく》にした事、そしてこれからしようとしている事と、結果的には同じ事だ。ただ、得た魂を我らに渡すのではなく、《それ《I t》》に入れ、自ら使うだけの事。ただそれだけで、堂島コウ、君の願いは必ず叶《かな》い、悪魔が損する事もない。こんな——）

「黙れ！」

コウは右手を振り上げ、リンゴ——《それ《I t》》を地面に叩《たた》き付けようとした。が、地面がない。

——もっとも、地面があったとしても、叩き付けられたかどうかは分からない。

振り上げた腕は頂点で止まり、それ以上動かなかった。

い、い、い、い、い、い、い、い、

そんなこと、間違っている。

い、で、

でも、でも——。

（壊すのか？）面白そうな自分の声。

（確かにお前なら《それ《I t》》を使わなくても、別の《知恵の実》に出会い、高久以上に上手《うま》くやって、代償《だいしょう》を払わずに日奈を蘇《よみがえ》らせられるかもしれない）

（それこそが人間として歩むべき、正しい道程《どうてい》かもしれない）

（だが、上手くやれないかもしれない）

（そもそも出会えないかもしれない）

「いいや、出会える」

コウは呟《つぶや》いた。そうとも、俺は必ず出会える。出会って、いや、探し出してみせる。俺なら

きっと、それができる。だからこそ、悪魔《あくま》は俺にこんなものを渡そうとしているんだ、知恵比《くら》べで勝てないから、

（そうとも。悪魔はヒトを見くびらない。悪魔はお前に勝てないだろう）

こんなものに、頼る必要は――

（そうとも、堂島《どうじま》コウ、お前にはこんなもの、必要ないだろう。断言しよう、堂島コウ、お前には可能性がある。素晴らしい可能性が。だがしかし、あくまでそれは可能性に過ぎない――）

可能性。

《それ《エト》》を壊すというなら、構わない、堂島コウ、壊すがいい）

――確定しない未来と。

すでに在《あ》る、現実――。

（選ぶがいい、堂島コウ。あくまで己が可能性《ちから》を信じ、ヒトとして歩み続けるか、その可能性《ちから》を放棄して、堕天《だてん》の翼《つばさ》をその身に得るか）

（選ぶがいい、堂島コウ。己の意思《いし》で。我々は強制しない――）

（全《すべ》ては己の自由意志――）

（神が与えた、エデンの試練……）

自らの持つ可能性と、それを奪う悪魔の誘惑《ゆうわく》――。

《君は悪魔の恐ろしさを、自らの身で知る事になる——》

永遠とも思えるひと時、

コウは、手の中で高く脈打つリンゴの模型を眺《なが》めていた。

そして、呟《つぶや》く。

「……自由……意思《いし》……」

「……自由意志？」

マントを着た、コウが笑った。声が頭の中でなく、耳を震わせ入ってくる。

「やりたい事があり、それが何か分かってるなら、やる事は一つだけじゃん」

「……そうだな」

オリジナル・コウも笑った。

一番の願いを叶《かな》える為《ため》に。

二番目以降の全《すべ》てを捨てる。

それが悪魔の《契約》——。

「悪魔って、怖いなぁ」

独り言のように、呟《つぶや》く。

「俺も日奈《ひな》を生き返らせるって誓《ちか》った時から、いろいろ覚悟してたつもりだったけど……これは予想外だった。さすがというか、なんつーか」

「でもお前は誓ったんだ」コウが言う。

「日奈《ひな》を、生き返らせるって。……だろ？」

「ああ」コウは頷《うなず》いた。

「その為《ため》なら、なんでもするさ……そうだろう？」

「そうだ」

迷う事など何もない。

コウは右手を握り締《し》めた。リンゴの模型は冷たかった。脈打つ感触もない。――気が付くと、コウはマントを羽織《はお》っていた。大きな襟《えり》が頬《ほお》をくすぐる。目の前に、さっきまで自分が着ていた服を着ているコウがいる。……俺だ。コウはおかしくなった。

「……一言、いいか？」

「ああ」

「この、悪魔《あくま》」

コウはコウを殴《なぐ》り飛ばした。火花が飛び、目の前が真っ白になり――。

3

血の味が口に滲《にじ》んだ。

「……何やってるの?」と、舞原姉《まいばるあね》の声。

ドアの閉まるばたん、という音に、コウは我に返った。気が付くと地面に座り込んでいて、何故《なぜ》かリンゴの模型を齧《かじ》っている。

ぽりぽりと鼻を掻《か》き、辺りを見回す。

あの凄《すさ》まじい、涙の発作《ほっさ》は完全に消えている。

手の中にある、表面に血管の走る小さなリンゴの模型。手のひらの上でそれは、あたかも心臓のように脈打っている、気がする。勿論《もちろん》、脈打ってなどいないが。

――あれは、夢ではない。

これがあるのが何よりの証拠《しょうこ》。

舞原姉の視線に気づき、コウはリンゴをさりげなくポケットに隠した。地面に落ちたカメラを拾い、後ろ手に持って、

「……ああ、いや、お腹が空《す》いてね」

「でもそれって、偽物《にせもの》でしょう?」

畜生《ちくしょう》、やっぱり見られていたか。

「……腹が減ってりゃ何でも美味《うま》いさ」

舞原姉《まいばるあね》はやれやれしょーがないなぁ、とでもいうように首を振った。

「リンゴなら、本物がうちにあるわよ。待ってて」

言うや否や母屋《おもや》に向かって走っていく。

「お～い……」

……コウは頭を掻《か》いた。バカな言い訳をしてしまった自分も自分だが、素直に信じる方も信じる方だ。ある意味凄《すご》い。お嬢様《じょうさま》には、滅多《めった》な事言えないなぁ。

プレハブに戻る。舞原妹《いもうと》が、手を振り上げて《部長》を脅《おどか》していた。

「今度姉を巻き込むような事を言ったら、グーで殴《なぐ》ります」

「絶対しない、約束しよう」

顔面を蒼白《そうはく》にして、《部長》。さっきまでコウを止めようとしていた男と同一人物《じんぶつ》とはとても思えない。

「……ま、怪力乱神《かいりきらんしん》語るべからず。ましてや悪魔《あくま》、秘《ひ》してこそだな」

小鳥遊《たかなし》の言葉に真嶋《まじま》も頷《うなず》く。

アトリが泣きそうな表情、

「巻き込むって、……あたしはいったい、なんなんですかぁ？」

悪魔だろ！　と各々《おのおの》、心の中でツッコむ。

「では、これからどうするか、ですが」

舞原妹はアトリを見た。

「まず……今ならどんな姿にもなれる、というのは、本当ですか？」

「はい！　見た事ある姿なら、すぐに変身できます！」

「では、高久《たかく》に変身してみて下さい」

「はい！」

勢い良く返事すると、身体《からだ》中から光を発し、次の瞬間、

「どうです？」生前？　の高久の姿。

「おお、凄《すご》い！」拍手が起こる。

「……へへぇ、そうですか？　アストラル体《たい》ですから、触れられるとバレちゃいますが」

「……では、その姿でこの家を出て、駅のトイレにでも入り、誰《だれ》にも見られない所で元の姿に戻り、ここに戻ってくる。できますね？」

「……はい。できますと、思いますけど……」

「……いいのかな、それで……」

真嶋が呟《つぶや》いた。

誰《だれ》も、答えなかった。

「それでは、行ってください」

「え？　今ですか？」

「急がなければ、姉が戻ってしまいます」

少女――高久《たかく》の姿だけど――はコウを見た。名残惜《なごりお》しそうに、何か言いたげに。

「……何だよ」

「あ、あの……、そのですね、その……ぅ」

「……取《と》り敢《あ》えず、今は行ってこい」

コウはしっしっと手を振った。

「後の事は後で話そう。終わったら、俺んちに戻ってろ」

「……いいんですか？」ぱっと、顔を輝かせる。

「勿論《もちろん》さ」きらん、と歯を輝かせる。

「俺達は、パートナーだろ？　そう約束したじゃないか。ほら行け。……言っとくが、俺の部屋のあの電化製品には、触《さわ》ンなよ」

「はい！」

嬉《うれ》しそうに返事すると、アトリは外へと飛び出して行った。それを見送ると、コウは向き直り、真嶋《まじま》と小鳥遊《たかなし》、そして舞原妹《まいばるいもうと》の顔を順々に眺《なが》めた。

《部長》はどうでもいい。

……つーか寝てるし。

「そーゆーわけだから」コウは頭を掻《か》いた。

「俺は今後も、悪魔《あくま》に協力する事になる。悪魔のミカタとなる——日奈《ひな》を生き返らせるために」

「自分の魂《たましい》を引き換えにして、か」

「渡さないで済むんなら、それに越した事はないけどな。一応その覚悟《かくご》もしてる」

ポケットの中で、小さなリンゴが脈動《みゃくどう》した。

「……とにかく、俺はやる」

諦《あきら》める気はないのか、なんて誰《だれ》も聞かない。

「……それが、どういう事だか分かってるんだな？」

「勿論《もちろん》」小鳥遊を見る。

それは、魂を悪魔に売り渡す事。

「……危険な事よ」

「あるいはね」真嶋を見る。

自分は勿論自分に関《かか》わる全《すべ》ての人を、危険にさらしかねない運命。

「大きな貸しになりますよ」

「分かってるって」舞原妹を見、苦笑《くしょう》。

「無理に手伝えとは言えない。リスクが大きすぎるから。でも俺は、自分は好き勝手《かって》やりながら、お前らには迷惑《めいわく》をかけない、なんて器用《きよう》な事、できない。だから、その覚悟だけはしておいてくれ」

なんつー言い草だ。

コウは口元《くちもと》を歪《ゆが》めた。

小鳥遊《たかなし》は無言でコウを見、

真嶋《まじま》はうつむいている。

舞原《まいばるいもうと》妹が口を開いた時、ドアが開いた。

「リンゴ、持って来たわよ」

舞原姉《あね》、そして後ろに若いメイドが続く。お盆《ぼん》の上に十個程《ほど》、赤々としたリンゴを乗せて。

コウは思わず吹き出した。

「こりゃいいや、旨《うま》そう。ホントに食べたくなってきた」

一個取り、ズボンでごしごし擦《こす》る。余計《よけい》汚れた可能性は無きにしもあらずだが、まあいいか。

「……私も、いただきましょう」

舞原妹も手を伸ばした。小声《こごえ》で付け足す。

「リスクは大きそうですが、得るものも大きそうです」

メイドが慌《あわ》てて遮《さえぎ》る。

「いけません。今、皮を剝《む》きますから」

「このままでいいわ」

「駄目《だめ》です。いくら無《む》農薬とはいえ、お嬢《じょう》様が皮付きを食べるなんてモッテのホカです」

「へぇ」皮肉《ひにく》っぽく笑い、真嶋が一つ、手に取った。

「じゃあ、庶民《しょみん》として一個。……あの人には、借りがある。命を救って貰《もら》った借りが」

それは違うとコウが口を開きかけた時、

「……おお、気が利くじゃないか」

眠たそうな顔のままノソノソと起き上がり、《部長》が一つ、取った。

「良く分かったな。腹が減っていたんだ」

「……みんな、そんなにリンゴ食べたかったの？」何故《なぜ》か得意そうに、舞原姉。

「早く言えば良かったのに。みん、あたしにも一個剝《む》いて」

はい、と嬉《うれ》しそうなメイドさん。

小鳥遊が、呟《つぶや》いた。

「……分からない」

全員の注目の中、赤い果実を凝視《ぎょうし》している。

「……正しいか、間違ってるか。……だが一つだけ、分かっている事がある」

「何よ」と真嶋。

「私が日奈を好きだという事」

一瞬躊躇《ちゅうちょ》し、だが手を伸ばし、小鳥遊《たかなし》もまた果実を取った。口元《くちもと》を斜めにし、

「よく考えればチャンスだし、な。今度という今度こそ、日奈もこの男に、愛想をつかしただろう」

コウは顔を赤くして、おずおずと告げた。

「あの……みなさん、……俺は本当に、リンゴを食べたかっただけだから、あんまり深読《ふかよ》みしないで……」

「では、いただきましょう」

舞原《まいばる》妹《いもうと》の合図で、全員がリンゴを齧《かじ》った。

果肉《かにく》はしゃきっと新鮮で。

中にはミツが入ってる。

舌に優しく心地良い、甘い甘いミツの味。

ミツの入った果実はとても、美味かった。

4

結局。

山崎誠一《やまざきせいいち》殺しの犯人は高久直子《たかくなおこ》と断定された。凶器《きょうき》に使われた針と聴診器《ちょうしんき》が発見されたのだ。針は体育館の床の隙間《すきま》に落とし込んであり、聴診器はプールの排水溝《はいすいこう》にあった。

だが、高久直子の行方《ゆくえ》は、ようとして知れない。

冬休みを利用し、コウは《ザ・ブルマ》の友人の元を訪れた。《ピンホールショット》に触れた時見たものが、夢なのか現実なのかを確かめる為《ため》に。

山崎は、確かに中学時代の事件が元で《ザ・ブルマ》と呼ばれるようになっていた。

山崎誠一の死を聞いた時、かつての友人達はそれが誰《だれ》なのか分からなかった。それが《ザ・ブルマ》の事だと聞いて、彼らは二度驚《おどろ》いた。まずはその死に。次にその名に。

「あいつ、先生になっても、まだそのあだ名で呼ばれてたのか」

コウが帰った後も、彼らは一頻《ひとしき》り《ザ・ブルマ》について話していたが、やがて忘れた。生徒に《ザ・ブルマ》と呼ばれたがった人間の人生は、それで完全に終わった。

コウは高久の両親も訪ねた。そして、あの時見た卒業文集の現物を見せて貰《もら》った。

真嶋《まじま》も一緒だった。

二人は高久の卒業文集を見た。自分達と同じ年齢《ねんれい》の高久の、将来の夢を見た。高久の過去を知る者だけが推《お》し量《はか》れる少女の傷と決意と未来とが、そこには記されていた。

私は保健室で先生をしたい。生徒の身体《からだ》だけでなく、心のケアもできるような、そんな先生になりたい。ただ弱いというだけで、辛い思いをしている人に、少しでも力になってあげたい……。

真嶋綾《まじまあや》は泣いた。

休み明け、真嶋は、みークルの手伝いを受け全校集会ジャックを敢行《かんこう》した。

マイクを奪い、全校生徒に向かって告げる。

「もう知っている人もいるかもしれませんが、私は脅迫《きょうはく》されていました。……山崎《やまざき》先生に」

あっけに取られる生徒に向かい、真嶋は話した、自分の恥を、この数カ月の事を。脅迫されていた事。誰《だれ》にも話せなかった事。ただ一人、高久《たかく》だけが真嶋の異常《いじょう》に気付き、心配し、辛抱《しんぼう》強く真嶋の話を聞いて励ましてくれていた事——。

真嶋は最後に、こう言って話をしめくくった。

「高久先生が、山崎先生を殺した。……その真意を知る人は、本人以外にいないでしょう。そして、殺人は明らかに間違っています。……それでも、それでも私は彼女に言いたい。

ありがとう、と——」

それは真実を隠さなければならない真嶋の、彼女なりのけじめだった。もっとも、ほとんどの生徒にはそんな事分からなかったに違いない。それでも生徒の多くは、学校で起きたこの異《い》色《しょく》の事件が終結を迎えた事を悟った。もう高久の居所も、新たな事実の発見もないだろう。その告白を境《きかい》に、もう事件が生徒の口をのぼる事はなくなった。その告白は真嶋のけじめであり、事件の終焉《しゅうえん》であり、そして。

真嶋がみークルの一員となった事を告げるものだった。


結局。

日奈《ひな》の死は、事件性の無い変死として片付けられた。

冬月《ふゆつき》日奈の葬式は、一高校生の葬式としては異例《いれい》なほど盛大に行われた。大勢の人間が参列したが、そのほとんどが日奈の死を悲しむというよりその父の権力の為《ため》に集まっている事を、日奈の母、冬月由布子《ゆふこ》は理解していた。

彼女はよく働いた。忙しいほうがよかった。少しでもじっとしていると娘の死を考えてしまうから。それでも小鳥遊恕宇《たかなしじょう》がいなければ、彼女は押し潰《つぶ》されてしまったろう。娘が死んでからの諸事万端《ばんたん》を取り仕切ってくれたのは、夫でもなければ彼女でもなく、この娘を愛していたという少女、だった。だから小鳥遊に「堂島《どうじま》コウを参列させて下さい」と頼まれた時、由布子は、彼女にしては珍しく夫に《反逆》した。

堂島コウ。娘を殺したかもしれない、娘のボーイフレンド。

名簿《めいぼ》に名前を載《の》せない事を条件に、夫はそれを承諾《しょうだく》した。

葬式の日の事を、彼女は忘れないだろう。

その珍妙《ちんみょう》な集団は、昼を過ぎた頃《ころ》から集まり始めた。

彼らはまず、喪服《もふく》を着ていなかった。私服、制服、コスプレ、各々《おのおの》思い思いの格好をしたその集団は、悲しみに濡《ぬ》れた座敷にあがり、日奈《ひな》の位牌《いはい》の前で思い思いの事をしていった。踊る者がいた。歌う者がいた。ただ怒鳴《どな》るだけの者、何も言わず座っているだけの者、涙にくれながらシャドーボクシングをしているトランクス姿の若者を見るにいたって夫は激怒《げきど》し、警察を呼ぼうとしたが、その集団の中に舞原家《まいばるけ》の娘がいるのに気付いて何も言わなくなった。

由布子《ゆふこ》にも文句はなかった。

珍妙《ちんみょう》な格好をしている彼らこそが、本当に娘の死を悲しんでくれている事を、彼女は理解できたから。

(きっとあれが、『みすてりぃサークル』の……)

だが本当に彼女の目を引いたのは、彼らの姿ではなかった。

本当に彼女の目を引いたのは、普通に喪服を着た少年。

その少年は、朝からいつの間にか、いた。気がつくと目に付くところにいて、小鳥遊《たかなし》の手伝いをしているかと思えば寝てたり、食べたり、逆立ちしたりしている。最初は小鳥遊が頼んだバイトかと思ったが、奇妙な事に、焼香《しょうこう》を済ませた珍妙集団のほとんどが、次に彼を訪れるのである。日奈の友達かと思ったが、それにしては悲しんでいる様子《ようす》は無い。時には訪《たず》ねてきた相手を笑わせたりさえしている。

そしてその少年は、ふと気付けば由布子の目のつくところにいる、のだった。

小鳥遊に聞いてみよう、そう思い、しかし忙しさに追われ、忘れてしまう。でも気がつくとその少年は傍《そば》にいて、しかめっ面をつくっていたり、訪ねてきた参列者を笑わせたり追い返したりしている。葬式にはあまりに不謹慎《ふきんしん》な少年だったが、その少年を目で追っている内に、気がついてみると心が軽くなっていて、由布子は怒るに怒れない——。

それでも夕闇《ゆうやみ》が迫り、静寂《せいじゃく》が目立つようになると、娘の死が、悲しみが湧《わ》き立ってくる。用があり、娘の部屋を訪れた時、ついに彼女は崩れ落ちた。娘のベッドに倒れ伏し、声を殺して泣いた。客の前では泣くな、そう言われ我慢していた堰《せき》が切れ、彼女は泣きに泣いた。そして。

後ろから、抱き締《し》められるのを感じた。

ぎこちなく、でもしっかりと力強く、温かく……。

……気がつくと彼女は寝ていて、肩にはカーディガンがかかり、傍《かたわら》で小鳥遊が何か書いていた。由布子が目を覚ましたのに気付き、「よく休めましたか？」と笑う。

由布子も微笑《ほほえ》んだ……。

——あの少年の正体を、彼女は小鳥遊に尋《たず》ねなかった。

奇妙な確信があった。

あの少年、あれがきっと——堂島《どうじま》コウ。

そして。

彼は今日《きょう》、娘の為《ため》ではなく、ましてや夫の為でもなく、ただ、私の為に来たのだ。私の為にいてくれたのだ。娘の為《ため》でも夫の為でもない、ずっと私を心配し、傍《そば》についててくれたのだ――。

勿論《もちろん》それは、彼女のバカな思い込みかもしれない。だが、由布子《ゆふこ》は確信していた。

あの少年こそ堂島《どうじま》コウ。

娘が好きになったヒトだと。

冬月日奈《ふゆつきひな》の事件が、彼女の中で終わる事はない。これからも、由布子は娘を思い出しては泣くだろう。それでも、その時《とき》彼女は思い出す。あの奇妙な集団と、より奇妙な少年を。その時彼女の悲しみは、少しだけ、ほんの少しだけ、薄れる気がする。気のせいかもしれなくても、それだけで、彼女の顔は微笑《ほほえ》みを、浮かべる事ができるのだった。

……こうして、事件は過ぎ去り――。

5

高久《たかく》が行方《ゆくえ》をくらまし、日奈の告別式も終わり、日にちはあっと言う間に過ぎ去り四月、新二年生となったコウは、舞原《まいばる》妹《いもうと》に呼ばれ舞原邸を訪れた。

パッと見には分からない場所から、地下に下りる。見るだに冷たい暗い、狭い通路のその先に、その部屋はあった。

入り口から向かった壁には陳列ケースが置いてあり、《ピンホールショット》がポツンとしていた。ま、これからここは、どんどん仲間が増えていく事だろう。

右の隅《すみ》には端末が置いてあり、右と左の壁にはたくさんの引き出しが埋め込まれていた。引き出しの大きさこそまちまちだが、何となくモルグな感じ。

コウは端末を弄《いじ》り、一覧を出した。

それを確認し、説明を始める舞原妹。

「冬月の身体《からだ》は全部で一〇八のパーツに分けられ、それぞれ別個に保存されています。解剖《かいぼう》の段階で肉体の十九％が失われてますが、現在の科学技術で再生可能の範囲です」

「……ああ。有難《ありがと》う」

正直、ガラスタンクの中に日奈がまるまる、裸《はだか》で眠っているような、そんな図を想像していたのだが。ま、現実はこんなものだろう。

「……ところで、葬式の時のあれは……」

「偽物《にせもの》です」

とんでもない事を淡々と言いながら、コウを見る舞原妹。

「この部屋の維持は大変です。……本当に、全パーツの保存が必要なのですか？」

「……分からない。……ま、気分の問題」

あと、良心の——コウは自嘲《じちょう》的な笑みを浮かべた。情《なさ》けない、この期に及んでまだ俺は、別の《知恵の実》に期待してんのか。

ポケットの中でリンゴが脈打った、気がした。

引き出しの一つを開け、日奈《ひな》の眼球を眺《なが》める。うわ、気が変になりそう。

……これが、これからのコウの世界。

コウの、荒野《こうや》。

「……こんな状況で、日奈のおっぱいを見たいといったら、俺は変態《へんたい》かなぁ。てゆーか俺、見たいのかなぁ」

「これが鍵《かぎ》です」

コウの言葉を無視し、カードキーを渡す。

「悪いな、色々面倒《めんどう》見て貰《もら》って」

「ご心配なく。借りは必ず返して戴《いただ》きます」

ああ、とコウはため息をついた。

「それそれ。俺は一体、何をすればいいんだ？　……言ってたな、姉がどうとか。君の姉に、交際でも申し込めってか？」

「今はまだ結構《けっこう》です。取《と》り敢《あ》えずは、姉に対する偏見《へんけん》を捨てて下さい。権力者の娘ではなく一人の人間として扱って下さい。それで、もし姉があなたを本格的に好きになったら」

「言っとくけど、俺の気持ちは日奈一筋《ひとすじ》だ。……分かってるとは思うけど」

舞原《まいばる》妹《いもうと》は、薄く微笑《ほほえ》んだ。滅多《めった》に笑わぬこの少女の笑みは、実に恐ろしい、迫力がある。

「構いません。目に見えない気持ちなど、どうとでも操作できます。あなたなら、冬月《ふゆつき》への気持ちを隠して姉と付き合うことぐらい容易《たやす》いはずです」

「容易いって……、それで、いいの？」

「はい。それが恒久的なものなら。そしてあなたは、ほとんど恒久的に舞原の力が必要なはず」

お前は悪魔《あくま》か、とコウは思った。だから、

「お前は悪魔か」

と突っ込む。

「……それに、生き返らせた後も、冬月と前のように付き合えると思いますか？」

「うん」

「無理ですよ」

「そうかなあ」

「そうです」

コウはため息をついた。

一つの望みを叶《かな》える為《ため》に、他の全《すべ》てを捨てねばならない時もある。

二人は十分程《ほど》その部屋にいた。

出る間際《まぎわ》、コウは聞いた。聞きたくなかったが、これからの事を考えると、どうしても聞いておく必要があった。

だからコウは聞いた。多少照れながら。

「……君は、俺が、……好きなの？」

「……本当に、知りたいですか？」

しばらくの沈黙の後、舞原《まいばる》妹《いもうと》は尋《たず》ねた。その表情に変化はない。全く感情を浮かべず、無表情に言葉を続ける。

「言葉にしないほうがいい事も、あります」

「俺は知りたい。首輪のないペットよりも、繋《つな》がれた野良犬《のらいぬ》がいい、なんちゃって。……君はどうだか分からないけど……」

舞原妹は頷《うなず》き、コウに近寄った。頭一つ低い少女は上目《うわめ》にコウを見上げ、口を開いた。

「子供の頃《ころ》の記憶《きおく》が、無いそうですが」

「ああ」

「妹さんと、よく裏庭で遊んでいました。そして私達とも。覚えています。一人だけ男の子で、だからでしょうか、いつもお兄さんぶって、私達を守ろうとしてくれていた」

「……」

「冬月《ふゆつき》より先に、出会っていた。ただそれだけの話ですが」

舞原妹は、……口を閉じ、目を閉じた。見上げた姿勢のまま、待っている。それが意味するところは分かる。何をすべきかも。

今の俺は、言わば繋《つな》がれた野良犬《のらいぬ》なのだ。

（そういや日奈《ひな》、怒ってたなぁ。……真嶋《まじま》にキス、された時……）

……コウはそっと、少女と唇《くちびる》を重ねた。

柔らかい、感触。

それはこの数カ月の中で、最も不実《ふじつ》を感じた瞬間だった。犯罪者とはいえ人間の魂《たましい》を、自分の欲望の為《ため》に悪魔《あくま》に渡した。自分の望みの為に友達を巻き込み人生を変えた。自分の為に、生命を危険に晒《さら》させた。……そのどれよりも、それは不実なキスだった。そしてそれゆえに、コウは感じた、自分が本当に悪魔になった事を。ああ、と嘆息《たんそく》する。俺はもう、悪魔なんだなぁ、まだ人の皮かむってるけど、と心の中で呟《つぶや》き、笑う。

構わない、とコウは、笑った。

日奈《ひな》を生き返らせる為《ため》なら、どんな事でも俺はする。

たとえそれが、望み以外の

全《すべ》てを捨てる事だとしても——。

——不実《ふじつ》のキスは、あの時《とき》食べたリンゴと同じく。

甘いミツの味がした。

結／悪魔のミカタ

こうして——正確には四月七日の十七時〇八分、
コウは『悪魔《あくま》』になったのだった。

いや、
まだそのものじゃないけれど、悪魔のミカタをするものに——。

《終》

あとがき／あるいは……

『みークルズサジェスチョン／ポリッシュアップルズ』

なんだそりゃ、と思う方、これはこの物語の応募時の題名です。なんだそりゃ？　と周囲にえらく不評だったこの題名、意訳《いやく》で曰《いわ》く、

「みークルからの提案です／ごますり屋なんてどう？」

なんつー題名だよ、もう……。

……思いついた時は、いい題名だと思ったんだけどなぁ。

あの時は、若かった。

そう、今を遡《さかのぼ》る事約八カ月前、応募締め切りギリギリで郵送したあの日、この題名は生まれました。あれから色々ありました。東京から故郷に戻り、就職活動、不況の中やっと就職決まるかと思ったらいきなり入院百日間！　ベッドの上で銀賞受賞を知った時、僕は喜びに跳ね回ったりはしませんでした。（いや、少しはしたけど。）感想は四文字熟語《じゅくご》で一言、

「人生色々」

　一気に年取りましたよ、もう。

　でもそれ以上に周囲の皆様、年を取らせてしまいましたね。心配やら迷惑《めいわく》やら、色々かけてしまいました。

　本当に、ありがとう。

　この本が、恩返しになっていればいいんですけど。

　そしてそれは、この本を手にとってくれた人にも言える事です。手にとってくれてありがとう。読んで下さった方、ありがとう！　本当に嬉《うれ》しいです。この本が、あなたが時間を費やしてくれた、そのご恩返しになっていればいいんですけど。まだ読んでいない方……え、読んでくれるって？　あまつさえ買ってくれるって？　ありがとう、あなたはなんてイイ人なんだ、なんて美人でハンサムで頭が良くてスリムで太っ腹でキレ者でトコロカマワズで野菊《のぎく》のよーな人なんだ！

　最高だよあんたっ！

　絵だけじゃなくて中身《なかみ》も見てね！！

　……なんて「ポリッシュアップル」はここまでにして。

真面目《まじめ》な話、あとがきって何書いていいか分かりません。実はこのあとがき、三回書き直しているんです。一回目は、徹夜でハイになっていたせいかただもう「ありがとう」の連続で、そのあまりの世界中への感謝のしように「こいつこれを遺書《いしょ》にして死ぬ気じゃなかろーか」と自分事ながら心配になりましたし、二回目は多少落ち着いた時に書いたにも関《かか》わらずやっぱり「ありがとう」な話の連続で、そして三回目の今も、やっぱり御覧《ごらん》の通り。

結局今《いま》僕が、一番伝えたいのはそれなんでしょうね。

最初、僕はミステリーとしてこれを書き始めました。（ミステリーっぽいのはそのせいです。）でも中途で挫折《ざせつ》しました。（ミステリーって難しいです～）しばらく頓挫《とんざ》し、ミステリーじゃなくなってもいいや、と開き直って好き勝手やり始めたらとんとんと書けました。（だからこれはミステリーじゃないです。ミステリーファンの方、何だこれはと怒らないで！）だから僕は堂々と言えます。これは僕が書きたかった物語です。そして今伝えたいのは、もうどうどうと「ありがとう」という気持ちです。「ポリッシュアップル」のあとがきではなく、「悪魔《あくま》のミカタ」のあとがきで。

皆さん、本当にありがとう！

以上、

――次回はもっとまともなあとがきが書ける事を期待して――次回があるのなら――の、うえお久光《ひさみつ》、でした。

本書に対するご意見、ご感想をお寄せください。

■

あて先

〒101-8305 東京都千代田区神田駿河台1-8 東京YWCA会館
メディアワークス電撃文庫編集部
「うえお久光先生」係
「藤田 香先生」係

■

電撃文庫

悪魔《あくま》のミカタ

魔法《まほう》カメラ

うえお久光《ひさみつ》

発行　二〇〇二年二月二十五日　初版発行
二〇〇二年六月　二十　日　三版発行

発行者　佐藤辰男

発行所　株式会社メディアワークス
〒一〇一-八三〇五　東京都千代田区神田駿河台一-八
東京YWCA会館
電話〇三-五二八一-五二〇七（編集）

発売元　株式会社角川書店
〒一〇二-八一七七　東京都千代田区富士見二-十三-三
電話〇三-三二三八-八六〇五（営業）

装丁者　荻窪裕司（META＋MANIERA）

印刷・製本　加藤製版印刷株式会社

落丁・乱丁本はお取り替えいたします。
定価はカバーに表示してあります。

ISBN4-8402-2027-1 C0193

電撃文庫創刊に際して

文庫は、我が国にとどまらず、世界の書籍の流れのなかで〝小さな巨人〟としての地位を築いてきた。古今東西の名著を、廉価で手に入りやすい形で提供してきたからこそ、人は文庫を自分の師として、また青春の想い出として、語りついできたのである。

その源を、文化的にはドイツのレクラム文庫に求めるにせよ、規模の上でイギリスのペンギンブックスに求めるにせよ、いま文庫は知識人の層の多様化に従って、ますますその意義を大きくしていると言ってよい。

文庫出版の意味するものは、激動の現代のみならず将来にわたって、大きくなることはあっても、小さくなることはないだろう。

「電撃文庫」は、そのように多様化した対象に応え、歴史に耐えうる作品を収録するのはもちろん、新しい世紀を迎えるにあたって、既成の枠をこえる新鮮で強烈なアイ・オープナーたりたい。

その特異さ故に、この存在は、かつて文庫がはじめて出版世界に登場したときと、同じ戸惑いを読書人に与えるかもしれない。

しかし、〈Changing Time, Changing Publishing〉時代は変わって、出版も変わる。時を重ねるなかで、精神の糧として、心の一隅を占めるものとして、次なる文化の担い手の若者たちに確かな評価を得られると信じて、ここに「電撃文庫」を出版する。

1993年6月10日

角川歴彦